LAS LUCES
DE SEPTIEMBRE

LAS LUCES DE SEPTIEMBRE

Obra editada en colaboración con Editorial Planeta – España

Créditos de portada: Planeta Arte y Diseño
Adaptación de portada: © Genoveva Saavedra / aciditadiseño
Ilustración de portada: Opalworks
Fotografía del autor: © David Ramos

Bajo el sello editorial BOOKET M.R.
Avenida Presidente Masarik núm. 111,
Piso 2, Polanco V Sección, Miguel Hidalgo
C.P. 11560, Ciudad de México
www.planetadelibros.us

Primera edición impresa en esta presentación: abril de 2025
ISBN: 978-607-39-2509-9

Impreso en los talleres de Bertelsmann Printing Group USA
25 Jack Enders Boulevard, Berryville, Virginia 22611, USA.
Impreso en EE.UU. - *Printed in the United States of America*

ÍNDICE

UNA NOTA DEL AUTOR

Amigo lector:

A veces, los lectores recuerdan mejor una obra que su propio autor. Recuerdan sus personajes, sus conflictos, su lenguaje y sus imágenes con una benevolencia que desarma al novelista, que empieza a olvidar tramas y escenas que escribió hace ya quizá más años de los que desearía. Eso me sucede a mí a veces con las tres primeras novelas «juveniles» que escribí y publiqué durante la década de los noventa, *El Príncipe de la Niebla*, *El Palacio de la Medianoche* y esta *Las Luces de Septiembre* que ahora sostienes en las manos. Siempre me ha parecido que estos tres libros formaban un ciclo de historias con muchas cosas en común y que, de alguna manera, intentaban parecerse a los libros que a mí me hubiese gustado leer en mi adolescencia.

Escribí *Las Luces de Septiembre* en Los Ángeles entre 1994 y 1995, con la intención de rematar algunos elementos que me parecía que no había sabido resolver tal como me hubiese gustado en *El Príncipe de la Niebla*. Revisándola hoy me doy cuenta de que la novela tiene más elementos de construcción cinematográficos que literarios, y que para mí siempre estará vinculada a las largas horas que pasé en compañía de sus personajes frente a un escritorio que miraba desde un tercer piso en Melrose Avenue y desde el que veía las letras de Hollywood en las colinas.

La novela está concebida como una historia de misterio y aventura para lectores que, como los espectadores de la mayoría de las películas que me rondaban la cabeza por entonces, eran jóvenes de espíritu y, con suerte, también de años. Nada de eso ha cambiado después de todo este tiempo.

Lo que sí ha cambiado, y ya era hora de que así fuera, es que por primera vez desde 1995 esta novela aparece publicada en una edición digna y en condiciones de honradez y decoro que lamentablemente nunca tuvo.

Confío en que la disfrutes, ya seas un lector joven o estés deseando volver a serlo. Me gusta pensar que, con tu ayuda, seré capaz de recordar ahora mejor esta novela y las dos que la precedieron y que podré permitirme el lujo de volver a vivir la aventura de *Las Luces de Septiembre* y de aquellos años en que yo también me creía joven y las imágenes y las palabras parecían ser capaces de todo.

Buena lectura y hasta la vista.

Carlos Ruiz Zafón

Mayo de 2007

Querida Irene:

Las luces de septiembre me enseñaron a recordar tus pasos desvaneciéndose en la marea. Sabía ya entonces que la huella del invierno no tardaría en borrar el espejismo del último verano que pasamos juntos en Bahía Azul. Te sorprendería comprobar lo poco que ha cambiado todo desde entonces. La torre del faro sigue alzándose como un centinela entre las brumas, y la carretera que bordea la Playa del Inglés es apenas ya un pálido sendero que serpentea entre la arena hacia ninguna parte.

Las ruinas de Cravenmoore se insinúan sobre la arboleda del bosque, silenciosas y envueltas en un manto de oscuridad. En las cada día menos frecuentes ocasiones en que me aventuro bahía adentro en el velero, todavía puedo ver los cristales agrietados en los ventanales del ala oeste, brillando como señales fan-

tasmagóricas entre la niebla. A veces, embrujado por la memoria de aquellos días en que surcábamos la bahía de vuelta al puerto al caer la tarde, me parece volver a ver las luces parpadeando en la oscuridad. Pero sé que ya no hay nadie allí. Nadie.

Te preguntarás qué ha sido de la Casa del Cabo. Pues bien, sigue allí, aislada, enfrentándose al océano infinito desde el vértice del cabo. El pasado invierno un temporal desguazó lo que quedaba del pequeño embarcadero de la playa. Un acaudalado joyero venido de alguna ciudad sin nombre se vio tentado a adquirirla por una suma irrisoria, pero los vientos de poniente y el embate de las olas en los acantilados se encargaron de disuadirlo. El salitre ha hecho su mella en la madera blanca. La senda secreta que conducía hasta la laguna es ahora una jungla impenetrable, repleta de arbustos salvajes y ramas caídas.

De tarde en tarde, cuando el trabajo en el muelle me lo permite, cojo la bicicleta y me acerco hasta el cabo para contemplar el crepúsculo desde el porche suspendido en los acantilados: solos yo y una bandada de gaviotas, que parecen haberse adjudicado el papel de nuevos inquilinos sin pasar por el despacho de notario alguno. Desde allí todavía puede verse cómo la luna dibuja una guirnalda de plata hacia la Cueva de los Murciélagos al alzarse sobre el horizonte.

Recuerdo que una vez te hablé de esta cueva y yo te conté la fabulosa historia de un siniestro pirata corso cuyo buque fue engullido por la gruta una noche de 1746. Mentí. Nunca hubo ningún contrabandista ni bucanero pendenciero que se aventurara en las tinieblas de aquella gruta. En mi defensa puedo decir que ésa fue la única mentira que oíste de mis labios. Aunque probablemente lo supiste desde el principio.

Esta mañana, mientras enhebraba un manojo de redes prendidas en el arrecife, ha sucedido otra vez. Por un segundo creí verte en el porche de la Casa del Cabo, mirando hacia el horizonte en silencio, como te gustaba hacerlo. Cuando las gaviotas han alzado el vuelo, he comprobado que no había nadie allí. Más allá, cabalgando sobre las brumas, se alzaba el monte Saint Michel, como una isla fugitiva varada en la marea.

A veces pienso que todos se han ido a algún lugar lejos de Bahía Azul y que yo me he quedado atrapado en el tiempo, esperando en vano que la marea púrpura de septiembre me devuelva algo más que recuerdos. No me hagas mucho caso. El mar tiene estas cosas; todo lo devuelve después de un tiempo, especialmente los recuerdos.

Creo que, si cuento ésta, ya son cien las cartas que te he enviado a la última dirección tuya que pude conseguir en París. A veces me pregunto si has recibido alguna de ellas, si todavía te acuerdas de mí y de aquel amanecer en la Playa del Inglés. Tal vez así sea, tal vez la vida te ha llevado lejos de aquí, lejos de todos los recuerdos de la guerra.

La vida era mucho más sencilla entonces, ¿recuerdas? ¿Qué digo? Seguro que no. Empiezo a pensar que sólo soy yo, pobre tonto, el que todavía vive del recuerdo de todos y cada uno de aquellos días de 1937, cuando aún estabas aquí, a mi lado...

I. EL CIELO SOBRE PARÍS

París, 1936

Quienes recuerdan la noche en que murió Armand Sauvelle juran que un destello púrpura atravesó la bóveda del cielo, trazando un rastro de cenizas encendidas que se perdía en el horizonte; un destello que su hija Irene jamás pudo ver, pero que embrujaría sus sueños por muchos años.

Era un frío amanecer de invierno, y los cristales de la sala número catorce del hospital Saint George estaban teñidos por una fina película de hielo que dibujaba unas acuarelas fantasmales de la ciudad en la tiniebla dorada del alba.

La llama de Armand Sauvelle se apagó en silencio, sin apenas un suspiro. Su esposa Simone y su hija Irene alzaron la mirada cuando los primeros destellos que quebraban la línea de la noche trazaron agujas de luz a lo largo de la sala del hospital. Dorian, su hijo menor, descansaba dormido sobre una de las sillas. Un silencio sobrecogedor invadió la sala. No fue necesario cruzar ninguna palabra para comprender lo que había sucedido. Tras seis meses de sufrimiento, el fantasma negro de una enfermedad cuyo nombre jamás fue capaz de pronunciar había arrancado la vida a Armand Sauvelle. Sin más.

Ése fue el principio del peor año que recordaría la familia Sauvelle.

Armand Sauvelle se llevó a la tumba su magia y su risa contagiosa, pero sus numerosas deudas no lo acompañaron en el último viaje. Pronto, una cohorte de acreedores y toda suerte de criaturas carroñeras con levita y título honorífico tomaron por costumbre dejarse caer por la vivienda de los Sauvelle, en el bulevar Haussmann. Las frías visitas de cortesía legal dieron paso a las amenazas veladas. Y éstas, con el tiempo, a los embargos.

Colegios de prestigio y ropas de impecable acabado fueron sustituidos por empleos a tiempo parcial y atuendos más modestos para Irene y Dorian. Era el inicio del vertiginoso descenso de los Sauvelle al mundo real. La peor parte del viaje, sin embargo, cayó sobre Simone. Retomar su empleo como maestra no bastaba para hacer frente al torrente de deudas que devoraban sus escasos recursos. En cada rincón aparecía un nuevo documento que Armand había firmado, una nueva suscripción de deuda impagada, un nuevo agujero negro sin fondo...

Fue por entonces cuando el pequeño Dorian empezó a sospechar que la mitad de la población de París la componían abogados y contables, una clase de ratas que habitaban en la superficie. Fue también entonces cuando Irene, sin que su madre tuviese conocimiento de ello, aceptó un empleo en un salón de baile. Danzaba con los soldados, apenas unos adolescentes asustados, por unas monedas (monedas que, de madrugada, introducía en la caja que Simone guardaba bajo el fregadero de la cocina).

Del mismo modo, los Sauvelle descubrieron que la lista de quienes se declaraban sus amigos y benefactores se reducía como la escarcha al amanecer. Con todo, llegado el verano, Henri Leconte, un antiguo amigo de Armand Sauvelle, ofreció a la familia la posibilidad de instalarse en el pequeño apartamento situado sobre la tienda de artículos de dibujo que regentaba en Montparnasse. El precio del alquiler lo dejaba a cuenta de futuras bonanzas y a cambio de que Dorian lo ayudase como chico de los recados, porque sus rodillas ya no eran lo que habían sido de joven. Simone nunca tuvo palabras suficientes para agradecer la bondad del viejo monsieur Leconte. El comerciante nunca las pidió. En un mundo de ratas, habían tropezado con un ángel.

Cuando los primeros días del invierno se insinuaron sobre las calles, Irene cumplió catorce años, aunque a ella le pesaron como veinticuatro. Por un día, las monedas que ganó en el salón de baile las empleó en comprar un pastel para celebrar su cumpleaños con Simone y Dorian. La ausencia de Armand pendía sobre todos como una opresora sombra. Juntos apagaron las velas del pastel en el angosto salón del apartamento de Montparnasse, rogando que, con las llamas, se extinguiese el espectro de la mala fortuna que los había perseguido durante meses. Por una vez, su deseo no fue ignorado. No lo sabían aún, pero aquel año de sombras estaba llegando a su fin.

Semanas más tarde, una luz de esperanza se abrió inesperadamente en el horizonte de la familia Sauvelle. Gracias a las artes de monsieur Leconte y su red de conocidos, apareció la promesa de un buen empleo para su madre en un pequeño pueblo de la costa, Bahía Azul, lejos de la tiniebla grisácea de París, lejos de los tristes recuerdos de los últimos días de Armand Sauvelle. Al parecer, un adinerado inventor y fabricante de juguetes, llamado Lazarus Jann, necesitaba una ama de llaves que se hiciera cargo del cuidado de su palaciega residencia en el bosque de Cravenmoore.

El inventor vivía en la inmensa mansión, contigua a su vieja fábrica de juguetes, ya cerrada, con la única compañía de su esposa Alexandra, gravemente enferma y postrada en una habitación de la gran casa desde hacía veinte años. La paga era generosa y, además, Lazarus Jann les ofrecía la posibilidad de instalarse en la Casa del Cabo, una modesta residencia construida sobre los acantilados en el vértice del cabo, al otro lado del bosque de Cravenmoore.

A mediados de junio de 1937, monsieur Leconte despidió a la familia Sauvelle en el andén seis de la estación de Austerlitz. Simone y sus dos hijos subieron a bordo de un tren que habría de llevarlos rumbo a la costa de Normandía.

Mientras el viejo Leconte observaba cómo se perdía el rastro del convoy, sonrió para sí y, por un instante, tuvo el presentimiento de que la historia de los Sauvelle, su verdadera historia, apenas había empezado.

2. GEOGRAFÍA Y ANATOMÍA

Normandía, verano de 1937

En su primer día en la Casa del Cabo, Irene y su madre trataron de poner algo de orden en el que habría de ser su nuevo hogar. Dorian, por su parte, descubrió mientras tanto su nueva pasión: la geografía o, más concretamente, dibujar mapas. Pertrechado con los lápices y un cuaderno que Henri Leconte le había regalado al partir, el hijo menor de Simone Sauvelle se retiró a un pequeño santuario entre los acantilados, una privilegiada atalaya desde la que gozaba de una vista espectacular.

El pueblo y su pequeño muelle de pescadores presidían el centro de la gran bahía. Hacia el este se extendía una playa infinita de arenas blancas, un desierto de perlas frente al mar, conocida como la Playa del Inglés. Más allá, la aguja del cabo se adentraba en el mar como una garra afilada. La nueva casa de los Sauvelle estaba construida sobre su extremo, que separaba Bahía Azul del amplio golfo que los lugareños denominaban Bahía Negra, por sus aguas oscuras y profundas.

Mar adentro, alzándose entre la calima evanescente, Dorian divisaba el islote del faro, a media milla de la costa. La torre del faro se erguía oscura y misteriosa, fundiéndose en las brumas. Si volvía la vista a tierra, Dorian podía ver a su hermana Irene y a su madre en el porche de la Casa del Cabo.

Su nueva morada era una construcción de dos pisos de madera blanca, enclavada sobre los acantilados: una terraza suspendida en el vacío. Tras la casa se levantaba la espesura del bosque y, alzándose sobre las copas de los árboles, se distinguía la majestuosa residencia de Lazarus Jann, Cravenmoore.

Cravenmoore semejaba más bien un castillo, una invención catedralicia, producto de una imaginación extravagante y torturada. Un laberinto de arcos, arbotantes, torres y cúpulas sembraba su angulosa techumbre. La construcción respondía a una planta cruciforme de la que brotaban diferentes alas. Dorian observó atentamente la siniestra silueta de la morada de Lazarus Jann. Un ejército de gárgolas y ángeles esculpidos sobre la piedra guardaba el friso de la fachada cual bandada de espectros petrificados a la espera de la noche. Mientras cerraba su cuaderno y se disponía a regresar a la Casa del Cabo, Dorian se preguntó qué clase de persona elegiría un lugar como aquél para vivir. No tardaría en averiguarlo: aquella noche estaban invitados a cenar en Cravenmoore. Cortesía de su nuevo benefactor, Lazarus Jann.

La nueva habitación de Irene estaba orientada hacia el noroeste. Desde su ventana podía contemplar el islote del faro y las manchas de luz que el sol dibujaba sobre el océano, lagunas de plata encendida. Tras meses de encierro en el reducido piso de París, el disfrutar de una habitación para ella sola se le antojaba un lujo casi ofensivo. La posibilidad de cerrar la puerta y gozar de un espacio reservado a su intimidad era una sensación embriagadora.

Mientras contemplaba cómo el sol poniente teñía de cobre el mar, Irene afrontó el dilema de qué indumentaria lucir para su primera cena con Lazarus Jann. Apenas conservaba una pequeña parte del que había sido un extenso vestuario. Ante la idea de ser recibidos en la gran casa de Cravenmoore, todos sus vestidos le parecían despojos harapientos y vergonzantes. Tras probarse los dos únicos atavíos que podrían reunir las condiciones para semejante ocasión, Irene se percató de la existencia de un nuevo problema con el que no había contado.

Desde que había cumplido los trece años, su cuerpo parecía empeñado en adquirir volumen en determinados lugares y perderlo en otros. Ahora, al borde de los quince y enfrentándose al espejo, los caprichos de la naturaleza se hacían más evidentes que nunca para Irene. Su nuevo perfil curvilíneo no casaba con el severo corte de su polvoriento guardarropía.

Una guirnalda de reflejos escarlatas se extendía sobre Bahía Azul cuando, poco antes del anochecer, Simone Sauvelle llamó suavemente a su puerta.

—Adelante.

Su madre cerró la puerta a sus espaldas y realizó una rápida radiografía de la situación. Todos los vestidos de Irene estaban tendidos sobre el lecho. Su hija, ataviada con una simple camiseta blanca, contemplaba desde la ventana las luces lejanas de los barcos en el canal. Simone observó el esbelto cuerpo de Irene y sonrió para sí.

—El tiempo pasa y no nos damos cuenta, ¿eh?

—No me entra ni uno solo. Lo siento —repuso Irene—. Y lo he intentado.

Simone se acercó hasta la ventana y se arrodilló junto a su hija. Las luces del pueblo en el centro de la bahía dibujaban acuarelas de luz sobre las aguas. Por un instante, ambas contemplaron el espectáculo sobrecogedor del crepúsculo sobre Bahía Azul. Simone acarició el rostro de su hija y sonrió.

—Creo que este sitio nos va a gustar. ¿Tú qué dices? —preguntó.

—¿Y nosotros? ¿Vamos a gustarle nosotros a él?

—¿A Lazarus?

Irene asintió.

—Somos una familia encantadora. Nos adorará —respondió Simone.

—¿Estás segura?

—Más nos vale, jovencita.

Irene señaló su vestuario.

—Ponte uno de los míos —sonrió Simone—. Me parece que te sentarán mejor que a mí.

Irene se sonrojó ligeramente.

—Exagerada —le recriminó a su madre.

—Tiempo al tiempo.

La mirada que Dorian dedicó a su hermana cuando la vio aparecer al pie de la escalera, envuelta en un vestido de Simone, hubiera ganado concursos. Irene clavó sus ojos verdes en Dorian y, alzando un dedo índice amenazador, le dirigió una velada advertencia:

—Ni una palabra.

Dorian, mudo, asintió, incapaz de despegar los ojos de aquella desconocida que hablaba con la misma voz que su hermana Irene y lucía su mismo rostro. Simone advirtió su semblante y reprimió una sonrisa. Luego, con solemne seriedad, colocó una mano sobre el hombro del muchacho y se arrodilló frente a él para arreglar su pajarita morada, herencia de su padre.

—Vives rodeado de mujeres, hijo. Ve acostumbrándote.

Dorian asintió de nuevo, entre la resignación y el asombro. Cuando el reloj de la pared anunció las ocho de la noche, todos estaban listos para la gran cita y enfundados en sus mejores galas. Por lo demás, muertos de miedo.

Una tenue brisa soplaba desde el mar y agitaba la espesura en el bosque que rodeaba Cravenmoore. El siseo invisible de las hojas acompañaba el eco de los pasos de Simone y sus hijos en la senda que atravesaba la arboleda, un verdadero túnel tallado entre una jungla oscura e insondable. La pálida tez de la luna pugnaba por atravesar el sudario de sombras que cubría el bosque. Las voces invisibles de los pájaros que anidaban en las copas de aquellos gigantes centenarios formaban una inquietante letanía.

—Este sitio me da escalofríos —apuntó Irene.

—Tonterías —se apresuró a atajar su madre—. Es simplemente un bosque. Andando.

Dorian contemplaba en silencio las sombras de la floresta desde su posición de retaguardia. La oscuridad creaba siniestras siluetas y catapultaba su imaginación a dilucidar docenas de criaturas diabólicas al acecho.

—A la luz del día todo esto no son más que matojos y árboles —matizó Simone Sauvelle, pulverizando el hechizo fugaz con que Dorian se estaba deleitando.

Unos minutos más tarde, tras una travesía nocturna que a Irene se le antojó interminable, la imponente y angulosa silueta de Cravenmoore se alzó frente a ellos como un castillo de leyenda que emergía en la niebla. Haces de luz dorada parpadeaban tras los grandes ventanales de la inmensa residencia de Lazarus Jann. Un bosque de gárgolas se recortaba contra el cielo. Más allá podía distinguirse la fábrica de juguetes, un anexo de la mansión.

Rebasado el umbral de la floresta, Simone y sus hijos se detuvieron a contemplar la sobrecogedora inmensidad de la residencia del fabricante de juguetes. En ese momento, un pájaro semejante a un cuervo emergió de la maleza, aleteando, y trazó una curiosa trayectoria sobre el jardín que rodeaba Cravenmoore. El ave voló en círculos sobre una de las fuentes de piedra y fue a posarse a los pies de Dorian. Al cesar el batir de sus alas, el cuervo se tendió sobre uno de sus costados y se abandonó a un lento balanceo hasta quedar inerte. El muchacho se arrodilló y aproximó lentamente su mano derecha al animal.

—Ten cuidado —le advirtió Irene.

Dorian, ajeno a su consejo, acarició el plumaje del cuervo. El pájaro no dio señales de vida. El chico lo tomó en sus manos y desplegó sus alas. Un gesto de perplejidad oscureció su rostro. Segundos después, se volvió hacia Irene y Simone:

—Es de madera —murmuró—. Es una máquina.

Los tres intercambiaron una mirada en silencio. Simone suspiró e invitó a sus hijos:

—Vamos a causar una buena impresión. ¿De acuerdo?

Ellos asintieron. Dorian devolvió el pájaro de madera al suelo. Simone Sauvelle sonrió débilmente y, a su señal de asentimiento, los tres enfilaron la escalinata de mármol blanco que serpenteaba hacia el gran portón de bronce, tras el cual se ocultaba el mundo secreto de Lazarus Jann.

Las puertas de Cravenmoore se abrieron ante ellos sin necesidad de utilizar el extraño llamador forjado en bronce a imagen y semejanza del rostro de un ángel. Un intenso halo de luz áurea emanaba del interior de la casa. Una silueta inmóvil aparecía recortada en el haz de claridad. La figura cobró vida súbitamente ladeando la cabeza, al tiempo que se oía un ligero traqueteo mecánico. El rostro afloró a la luz. Ojos sin vida, simples esferas de cristal, enclaustrados en una máscara sin más expresión que una escalofriante sonrisa, los contemplaban.

Dorian tragó saliva. Irene y su madre, más impresionables, dieron un paso atrás. La figura tendió una mano hacia ellos y permaneció inmóvil de nuevo.

—Confío en que *Christian* no los haya asustado. Es una creación antigua y torpe.

Los Sauvelle se volvieron hacia la voz que les hablaba desde el pie de la escalinata. Un rostro amable, de camino a una afortunada madurez, les sonreía no sin cierta picardía. Los ojos del hombre eran azules y brillaban bajo una espesa mata de cabellos plateados y cuidadosamente peinados. El hombre, pulcramente trajeado, con un bastón de ébano policromado, se acercó a ellos y les dedicó una respetuosa reverencia.

—Mi nombre es Lazarus Jann, y creo que les debo una disculpa —dijo.

Su voz era cálida, confortante, una de esas voces dotadas de un poder tranquilizador y una rara serenidad. Sus grandes ojos azules observaron detenidamente a cada uno de los miembros de la familia y, finalmente, se posaron en el rostro de Simone.

—Estaba dando mi habitual paseo nocturno por el bosque y me he retrasado. Madame Sauvelle, si no me equivoco...

—Es un placer, señor.

—Por favor, llámeme Lazarus.

Simone asintió.

—Ésta es mi hija Irene. Y éste es Dorian, el benjamín de la familia.

Lazarus Jann estrechó cuidadosamente las manos de ambos. Su tacto era firme y agradable; su sonrisa, contagiosa.

—Bien. Respecto a *Christian*, no deben temerlo en absoluto. Lo mantengo como un recuerdo de mi primera época. Es torpe y su aspecto dista de ser amigable, lo sé.

—¿Es una máquina? —se apresuró a preguntar Dorian, fascinado.

La mirada de censura de Simone llegó tarde. Lazarus sonrió al muchacho.

—Podríamos llamarlo así. Técnicamente, *Christian* es lo que denominamos un autómata.

—¿Lo construyó usted, señor?

—Dorian —recriminó su madre.

Lazarus sonrió de nuevo. Evidentemente, la curiosidad del muchacho no le molestaba en absoluto.

—Sí. A él y a otros muchos. Ése es, mejor dicho, ése era mi trabajo. Pero creo que la cena nos espera. ¿Qué tal si discutimos todo esto frente a un buen plato y así nos vamos conociendo mejor?

El aroma de un delicioso asado llegó hasta ellos como un elixir encantado. Incluso una piedra les hubiese leído el pensamiento.

Ni el sorprendente recibimiento del autómata ni el sobrecogedor aspecto del exterior de Cravenmoore podían presagiar el impacto que el interior de la mansión de Lazarus Jann causó en los Sauvelle. Tan pronto rebasaron el umbral de sus puertas, los tres se vieron sumergidos en un mundo fantástico que iba mucho más allá de lo que sus tres imaginaciones juntas podían llegar a concebir.

Una suntuosa escalera parecía ascender en espiral hacia el infinito. Alzando la vista, los Sauvelle contemplaron una fuga que conducía a la torre central de Cravenmoore, coronada por una linterna mágica que bañaba la atmósfera interna de la casa con una luz espectral y evanescente. Bajo ese manto de claridad fantasmal se descubría una interminable galería de criaturas mecánicas. Un gran reloj de pared, dotado de ojos y una mueca caricaturesca, sonreía a los visitantes. Una bailarina envuelta en un velo transparente giraba sobre sí misma en el centro de una sala ovalada, donde cada objeto, cada detalle, formaba parte de la fauna creada por Lazarus Jann.

Los pomos de las puertas eran rostros risueños que guiñaban sus ojos al girar. Un gran búho de magnífico plumaje dilataba sus pupilas de cristal y aleteaba lentamente en las brumas. Decenas o quizá cientos de miniaturas y juguetes ocupaban una inmensidad de muros y vitrinas que hubiera llevado toda una vida explorar. Un pequeño y juguetón cachorro mecánico movía la cola y ladraba al paso de un ratoncillo de metal. Suspendido del techo invisible, un carrusel de hadas, dragones y estrellas danzaba en el vacío, en torno a un castillo que flotaba entre nubes de algodón al son del tintineo distante de una caja de música...

Dondequiera que dirigieran su mirada, los Sauvelle descubrían nuevos prodigios, nuevos artefactos imposibles que desafiaban todo lo que habían visto antes. Bajo la divertida mirada de Lazarus, los tres permanecieron así, presos de aquel estado de absoluto encantamiento, durante minutos.

—¡Es... es maravilloso! —dijo Irene, incapaz de creer cuanto sus ojos le transmitían.

—Bien, esto es sólo el vestíbulo. Pero celebro que les guste —asintió Lazarus, guiándolos hacia el gran comedor de Cravenmoore.

Dorian, desprovisto de palabras, lo contemplaba todo con unos ojos como platos. Simone e Irene, no menos impresionadas, hacían lo posible por no caer en el hipnótico estado de ensueño que la casa producía.

La sala donde se servía la cena estaba a la altura de lo que el vestíbulo auguraba. Desde las copas hasta los cubiertos, los platos o las lujosas alfombras que cubrían el suelo, todo llevaba el sello de Lazarus Jann. Ni un solo objeto en la casa parecía pertenecer al mundo real, gris y aborreciblemente normal que habían dejado atrás al internarse en aquella vivienda. Con todo, a los ojos de Irene no escapó el inmenso retrato que reposaba sobre la chimenea, cuyas llamas brotaban de las fauces de unos dragones. Una dama de belleza deslumbrante lucía un vestido blanco. El poder de su mirada había rebasado la frontera entre la realidad y los pinceles del artista. Por unos segundos, Irene se perdió en aquella mirada mágica y embriagadora.

—Mi esposa, Alexandra... Cuando todavía gozaba de buena salud. Días maravillosos, aquéllos —dijo la voz de Lazarus a sus espaldas, envuelta en un halo de melancolía y resignación.

La cena transcurrió agradablemente a la luz de las llamas. Lazarus Jann se reveló como un excelente anfitrión que pronto supo ganarse las simpatías de Dorian e Irene con bromas y narraciones sorprendentes. En el curso de la velada les explicó que los deliciosos platos que estaban degustando eran obra de Hannah, una muchacha de la edad de Irene que trabajaba para él como cocinera y doncella. A los pocos minutos, la tirantez inicial desapareció y todos se sumaron a la distendida conversación que el fabricante de juguetes sabía tejer con una habilidad imperceptible.

Cuando empezaron a degustar el segundo plato, el asado de pavo especialidad de Hannah, los Sauvelle se sentían en la presencia de un viejo conocido. Para su tranquilidad, Simone advirtió que la corriente de simpatía entre sus hijos y Lazarus era mutua, y que ella misma no era ajena a su encanto.

Entre anécdota y anécdota, Lazarus les facilitó cumplidas explicaciones acerca de la casa y la naturaleza de las obligaciones a las que su nuevo empleo los comprometía. El viernes era la noche libre de Hannah y la pasaba con su humilde familia en Bahía Azul. Pero Lazarus les informó de que tendrían oportunidad de conocerla tan pronto se incorporase de nuevo a su labor. Hannah era la única persona, sin contar a Lazarus y a su esposa, que vivía en Cravenmoore. Ella los ayudaría a aclimatarse y solventaría cuantas dudas tuviesen en relación con la casa.

Llegados los postres, una irresistible tarta de frambuesas, Lazarus pasó a explicar lo que esperaba de ellos. Pese a estar ya retirado, seguía trabajando ocasionalmente en el taller de juguetes, localizado en una ala contigua a Cravenmoore. Tanto la fábrica como las habitaciones de los pisos superiores estaban vedadas a su paso. No debían entrar en ellas bajo ningún concepto. Sobre todo en el ala oeste de la casa, que albergaba las habitaciones de su esposa.

Alexandra Jann padecía, desde hacía más de veinte años, una extraña e incurable enfermedad que la obligaba a guardar reposo absoluto en cama. La esposa de Lazarus vivía retirada en su habitación del tercer piso en el ala oeste, donde sólo su marido entraba para atenderla y proporcionarle cuantos cuidados precisaba en su precario estado. El fabricante de juguetes les contó cómo su esposa, por entonces una joven llena de vitalidad y belleza, contrajo la misteriosa enfermedad en un viaje que realizaron por tierras centroeuropeas.

El virus, al parecer incurable, fue apoderándose de ella poco a poco. Pronto, casi ni podía caminar o sostener un objeto en las manos. En el plazo de seis meses, su estado empeoró hasta convertirla en una inválida, un triste reflejo de la persona con quien se había casado tan sólo unos años antes. Al año de contraer la enfermedad, la memoria de la enferma empezó a desvanecerse, y en cuestión de semanas apenas era capaz de reconocer a su propio esposo. Desde entonces dejó de hablar y su mirada se convirtió en un pozo sin fondo. Alexandra Jann tenía entonces veintiséis años. Desde ese día jamás había vuelto a salir de Cravenmoore.

Los Sauvelle escucharon el triste relato de Lazarus en respetuoso silencio. El fabricante, obviamente consternado por el recuerdo y por dos décadas de vida en soledad y dolor, quiso quitar importancia al hecho derivando la conversación hacia la exquisita tarta de Hannah. La triste amargura de su mirada, sin embargo, no pasó desapercibida para Irene.

No le costaba imaginar la huida a ninguna parte de Lazarus Jann. Desprovisto de aquello que más amaba, Lazarus se había refugiado en su mundo de fantasía y había creado cientos de seres y objetos con los que llenar la profunda soledad que lo rodeaba.

Al oír las palabras del fabricante de juguetes, Irene comprendió que ya nunca podría volver a ver aquel universo de imaginación desbordante que poblaba Cravenmoore como una espectacular e impactante pirueta del genio que lo había creado. Para ella, que había aprendido a reconocer en carne propia el vacío de la pérdida, Cravenmoore no era más que el oscuro reflejo del laberinto de soledad en el que Lazarus Jann había vivido en los últimos veinte años. Cada habitante de aquel mundo maravilloso, cada creación, constituía simplemente una lágrima derramada en silencio.

Finalizada la cena, Simone Sauvelle tenía muy claras sus obligaciones y responsabilidades en la casa. Sus funciones eran similares a las de una ama de llaves, un trabajo que poco tenía que ver con su empleo original, el de maestra, pero que estaba dispuesta a desempeñar tan bien como pudiese para garantizar un futuro de bienestar a sus hijos. Simone supervisaría el trabajo de Hannah y de los sirvientes ocasionales, se haría cargo de las tareas de administración y mantenimiento de la propiedad de Lazarus Jann, del trato con los proveedores y los comerciantes del pueblo, de la correspondencia, de las provisiones y de garantizar que nada ni nadie importunara al fabricante en su deseado retiro del mundo exterior. Igualmente, su trabajo contemplaba la adquisición de libros para la biblioteca de Lazarus. A tal efecto, su patrón insinuó claramente que su pasado como educadora había sido determinante a la hora de elegirla entre otras candidatas más versadas en el área del servicio. Lazarus insistió en que este cometido era uno de los más importantes de su posición.

A cambio de estas tareas, Simone y sus hijos podían ocupar la Casa del Cabo y gozar de un sueldo más que razonable. Lazarus se haría cargo de los gastos de escolarización de Irene y Dorian para el próximo curso, tras el verano. Igualmente, se comprometía a pagar los estudios universitarios de ambos si los jóvenes presentaban aptitudes y voluntad para ello. Irene y Dorian, por su parte, podían colaborar con su madre en las tareas que ella les asignase en la casa, siempre y cuando respetaran las reglas de oro: no traspasar los límites especificados por su propietario.

Teniendo en cuenta los meses anteriores, de deudas y miseria, la oferta de Lazarus se le antojaba a Simone Sauvelle como una bendición del cielo. Bahía Azul era un escenario paradisíaco para empezar una nueva vida con sus hijos. El empleo era más que deseable, y Lazarus ofrecía todos los visos de ser un patrón magnánimo y bondadoso. Tarde o temprano, la suerte tenía que sonreírles. El destino había querido que fuese en ese lugar alejado, y por primera vez en mucho tiempo, Simone estaba dispuesta a aceptar sus designios con agrado. Es más, si su instinto no la engañaba, y no solía hacerlo, adivinaba una sincera corriente de simpatía hacia ella y su familia. No le costaba esfuerzo suponer que su compañía y su presencia en Cravenmoore podían constituir un bálsamo para paliar la inmensa soledad que parecía rodear a su propietario.

La cena finalizó con una taza de café y la promesa de Lazarus de que, algún día, iniciaría al absolutamente cautivado Dorian en los misterios de la construcción de autómatas. Los ojos del muchacho se encendieron de ilusión ante la oferta y, por un breve instante, las miradas de Lazarus y Simone se encontraron de manera fugaz al trasluz de las velas. Simone reconoció en ellos el rastro de años de soledad, una sombra que conocía bien. Buques a la deriva que se cruzan en la noche. El fabricante de juguetes entornó los ojos y se alzó en silencio, señalando el fin de la velada.

Luego los guió hasta la puerta principal, deteniéndose brevemente para explicar alguno de los prodigios que poblaban el camino. Dorian e Irene asistían boquiabiertos a cuantos detalles les revelaba. Cravenmoore albergaba suficientes maravillas para iluminar cien años de asombro. Poco antes de enfilar el vestíbulo que conducía a la puerta, Lazarus se detuvo ante lo que aparentaba ser un complejo mecanismo de espejos y lentes, y dirigió una mirada enigmática a Dorian. Sin mediar palabra, introdujo el brazo entre un pasillo de espejos. Lentamente, el reflejo de su mano se desvaneció hasta hacerse invisible. Lazarus sonrió.

—No debes creer todo aquello que ves. La imagen de la realidad que nos brindan nuestros ojos es sólo una ilusión, un efecto óptico —dijo—. La luz es una gran mentirosa. Dame tu mano.

Dorian siguió las instrucciones del fabricante de juguetes y dejó que éste la guiase por el pasillo de espejos. La imagen de su mano se desintegró ante sus propios ojos. Dorian, con un interrogante mudo en la mirada, se volvió hacia Lazarus.

—¿Conoces las leyes de la óptica y de la luz? —preguntó el hombre.

Dorian negó con la cabeza. En ese momento no sabía ni dónde tenía su mano derecha.

—La magia es tan sólo una extensión de la física. ¿Qué tal se te dan las matemáticas?

—Excepto la trigonometría, así, así...

Lazarus sonrió.

—Por ahí empezaremos. La fantasía son números, Dorian. Ése es el truco.

El muchacho asintió, sin saber muy bien de qué estaba hablando Lazarus. Finalmente, éste señaló la puerta y los acompañó hasta el umbral. Fue entonces cuando, casi por casualidad, Dorian creyó ver lo imposible. Al pasar frente a uno de los faroles parpadeantes, las siluetas que proyectaban sus cuerpos se dibujaron sobre los muros. Todas menos una: la de Lazarus, cuyo rastro en la pared era invisible, como si su presencia no fuese más que un espejismo.

Cuando se volvió, Lazarus lo observaba detenidamente. El chico tragó saliva. El fabricante de juguetes le pellizcó cariñosamente la mejilla, burlón.

—No creas todo lo que vean tus ojos...

Y Dorian siguió a su madre y a su hermana al exterior.

—Gracias por todo y buenas noches —concluyó Simone.

—Ha sido un placer. Y no es un cumplido —dijo Lazarus cordialmente; les sonrió amablemente y alzó la mano en señal de despedida.

Los Sauvelle se adentraron en el bosque poco antes de la medianoche, de vuelta a la Casa del Cabo.

Dorian, silencioso, permanecía todavía bajo los

efectos de la prodigiosa residencia de Lazarus Jann. Irene andaba perdida en sus propios pensamientos, lejos del mundo. Y Simone, por su parte, respiró tranquila y dio gracias a Dios por la suerte que les había enviado.

Justo antes de que la silueta de Cravenmoore se perdiese a sus espaldas, Simone se volvió a contemplarla una última vez. Una sola ventana permanecía iluminada en el segundo piso del ala oeste. Una figura se erguía inmóvil tras los cortinajes. En ese preciso momento, la luz se extinguió y el amplio ventanal se sumergió en las sombras.

De vuelta a su habitación, Irene se quitó el vestido que su madre le había prestado y lo plegó cuidadosamente sobre la silla. Las voces de Simone y Dorian se oían en la cámara contigua. La joven apagó la luz y se tendió sobre el lecho. Sombras azules danzaban sobre el cielo raso como una cabalgata de espectros saltarines en la aurora boreal. El susurro de las olas rompiendo en los acantilados acariciaba el silencio. Irene cerró los ojos y trató de conciliar el sueño en vano.

Era difícil aceptar que desde aquella noche no volvería a ver su viejo piso de París, ni habría de regresar al salón de baile para ganarse las pocas monedas que aquellos soldados llevaban consigo. Sabía que las sombras de la gran ciudad no podían alcanzarla allí, pero la huella del recuerdo no conocía fronteras. Se incorporó de nuevo y se acercó hasta la ventana.

La torre del faro se alzaba en las tinieblas. Concentró la vista en el islote entre las brumas incandescentes. Un reflejo fugaz pareció brillar, como el guiño de un espejo en la distancia. Segundos después, el destello brilló de nuevo para desvanecerse definitivamente. Irene frunció el ceño y advirtió la presencia de su madre abajo, en el porche. Simone, envuelta en un grueso jersey, contemplaba el mar en silencio. Sin necesidad de ver su rostro en la oscuridad, Irene supo que estaba llorando y que ambas tardarían en conciliar el sueño. En aquella primera noche en la Casa del Cabo, tras aquel primer paso hacia lo que parecía un horizonte de felicidad, la ausencia de Armand Sauvelle se hacía más dolorosa que nunca.

3. BAHÍA AZUL

De todos los amaneceres de su vida, ninguno habría de parecerle más luminoso a Irene que aquel del 22 de junio de 1937. El mar resplandecía como un manto de diamantes bajo un cielo cuya transparencia jamás hubiese creído posible durante los años que había vivido en la ciudad. Desde su ventana, el islote del faro podía contemplarse ahora con toda claridad, al igual que las pequeñas rocas que emergían en el centro de la bahía como la cresta de un dragón submarino. La ordenada hilera de casas en el paseo del pueblo, más allá de la Playa del Inglés, dibujaba una acuarela danzante entre la calima que ascendía del muelle de pescadores. Si entornaba los ojos, podía ver el paraíso según Claude Monet, el pintor predilecto de su padre.

Irene abrió la ventana de par en par y dejó que la brisa del mar, impregnada del aroma del salitre, inundase la habitación. La bandada de gaviotas que anidaba en los acantilados se volvió a observarla con cierta curiosidad. Nuevos vecinos. No muy lejos de ellas, Irene advirtió que Dorian ya estaba instalado en su refugio favorito entre las rocas, catalogando espejismos, musarañas..., o enfrascado en lo que fuera que hacía en sus solitarias excursiones.

Andaba Irene ya concentrada en decidir qué ropa ponerse para salir a disfrutar de aquel día robado de algún sueño, cuando una voz desconocida, acelerada y zumbona llegó a sus oídos desde el piso inferior. Dos segundos de atenta escucha revelaron el timbre calmado y templado de su madre conversando o, mejor dicho, intentando colocar monosílabos entre los escasos resquicios que su interlocutora dejaba escapar.

Mientras se vestía, Irene trató de dilucidar el aspecto de aquella persona a través de su voz. Desde pequeña, éste había sido uno de sus pasatiempos predilectos. Escuchar una voz con los ojos cerrados y tratar de imaginar a quién pertenecía: determinar su estatura, su peso, su rostro, su carácter...

Esta vez su instinto dibujaba una mujer joven, de poca estatura, nerviosa y saltarina, morena y probablemente de ojos oscuros. Con tal retrato en mente, decidió bajar al piso inferior con dos objetivos: saciar su apetito matutino con un buen desayuno y, lo más importante, saciar su curiosidad respecto a la dueña de aquella voz.

Tan pronto puso los pies en la sala de la planta baja, comprobó que sólo había cometido un error: los cabellos de la muchacha eran pajizos. El resto, clavado en la diana. Así fue como Irene conoció a la pintoresca y dicharachera Hannah; por puro oído.

Simone Sauvelle hizo lo posible por corresponder con un delicioso desayuno a la cena que la noche anterior Hannah les había dejado preparada para su encuentro con Lazarus Jann. La joven devoraba la comida a una velocidad todavía mayor de la que empleaba al hablar. El torrente de anécdotas, chismes e historias de todo tipo acerca del pueblo y sus habitantes, que desgranaba con celeridad, hizo que a los pocos minutos de disfrutar de su compañía Simone e Irene tuviesen la sensación de conocerla de toda la vida.

Entre tostada y tostada, Hannah les resumió su biografía en fascículos acelerados. Cumpliría los dieciséis en noviembre; sus padres tenían una casa en el pueblo: él, pescador, y ella, panadera; con ellos vivía también su primo Ismael, que había perdido a sus padres años atrás y que ayudada a su tío, o sea, a su padre, en el barco. Ya no iba a la escuela porque la arpía de Jeanne Brau, rectora del colegio público, la tenía catalogada como lerda y de pocas luces. Con todo, Ismael le estaba enseñando a leer, y su conocimiento de las tablas de multiplicar mejoraba por semanas. Adoraba el color amarillo y coleccionaba conchas que recogía en la Playa del Inglés. Su pasatiempo predilecto era escuchar seriales radiofónicos y asistir a los bailes de verano en la plaza mayor, cuando bandas itinerantes acudían al pueblo. No usaba perfume, pero le gustaban las barras de labios...

Escuchar a Hannah era una experiencia a medio camino entre la diversión y el agotamiento. Tras pulverizar su desayuno y todo lo que Irene no pudo acabar del suyo, Hannah detuvo su discurso por unos segundos. El silencio que se formó en la casa pareció sobrenatural. Pero duró poco, por supuesto.

—¿Qué tal si damos un paseo las dos y te enseño el pueblo? —preguntó Hannah, súbitamente entusiasmada ante la perspectiva de hacer de guía de Bahía Azul.

Irene y su madre intercambiaron una mirada.

—Me encantaría —respondió finalmente la joven.

Una sonrisa de oreja a oreja cruzó el rostro de Hannah.

—No se preocupe, madame Sauvelle. Se la devolveré sana y salva.

De este modo, Irene y su nueva amiga salieron disparadas por la puerta rumbo a la Playa del Inglés, mientras la calma regresaba lentamente a la Casa del Cabo. Simone tomó su taza de café y salió al porche a saborear la tranquilidad de aquella mañana. Dorian la saludó desde los acantilados.

Simone le devolvió el saludo. Curioso muchacho. Siempre solo. No parecía interesado en hacer amigos o no sabía cómo hacerlos. Perdido en su mundo y sus cuadernos, sólo el cielo sabía qué pensamientos ocupaban su mente. Apurando su café, Simone echó un último vistazo a Hannah y a su hija camino del pueblo. Hannah seguía parloteando incansablemente. Unos tanto y otros tan poco.

La educación de la familia Sauvelle en los misterios y las sutilezas de la vida en un pequeño pueblo costero ocupó la mayor parte de aquel primer mes de julio en Bahía Azul. La primera fase, de choque cultural y desconcierto, duró una semana larga. Durante esos días, la familia descubrió que, a excepción del sistema métrico decimal, los usos, normas y peculiaridades de Bahía Azul no tenían nada que ver con los de París. En primer lugar estaba el tema del horario. En París no sería aventurado afirmar que por cada mil habitantes podían encontrarse otros tantos miles de relojes, tiranos que organizaban la vida con capricho militar. En Bahía Azul, sin embargo, no había más hora que la del sol. Ni más coches que el del doctor Giraud, el de la gendarmería y el de Lazarus. Ni más... La sucesión de contrastes era infinita. Y en el fondo, las diferencias no radicaban en los números, sino en los hábitos.

París era una ciudad de desconocidos, un lugar donde era posible vivir durante años sin conocer el nombre de la persona que vivía al otro lado del rellano. En Bahía Azul, en cambio, era imposible estornudar o rascarse la punta de la nariz sin que el acontecimiento tuviese amplia cobertura y repercusión en toda la comunidad. Ése era un pueblo donde los resfriados eran noticia y donde las noticias eran más contagiosas que los resfriados. No había diario local, ni falta que hacía.

Fue misión de Hannah la de instruirlos en la vida, historia y milagros de la comunidad. La velocidad vertiginosa con que la muchacha ametrallaba las palabras consiguió comprimir en unas cuantas sesiones repartidas suficiente información y chismes como para volver a escribir la enciclopedia de corrido y del derecho. Supieron así que Laurent Savant, el párroco local, organizaba campeonatos de inmersión y carreras de maratón, y que además de tartamudear en sus sermones sobre la holgazanería y la falta de ejercicio, había recorrido más millas en su bicicleta que Marco Polo. Supieron también que el concejo local se reunía los martes y los jueves a la una del mediodía para discutir los asuntos municipales, durante los que Ernest Dijon, alcalde virtualmente vitalicio cuya edad desafiaba a la de Matusalén, se entretenía en pellizcar con picardía los cojines de su butaca bajo la mesa, con el convencimiento de que exploraba el fornido muslo de Antoinette Fabré, tesorera del ayuntamiento y soltera feroz como pocas.

Hannah los acribillaba con una media de doce historias de este calibre por minuto. Esto no era ajeno al hecho de que su madre, Elisabet, trabajara en la panadería local, que hacía las veces de agencia de información, servicio de espionaje y gabinete de consultas sentimentales de Bahía Azul.

Los Sauvelle no tardaron en comprender que la economía del pueblo se decantaba hacia una versión peculiar del capitalismo parisino. El horno vendía barras de pan, aparentemente, pero la era de la información ya había empezado en la trastienda. Monsieur Safont, el zapatero, arreglaba correas, cremalleras y suelas, pero su fuerte y el gancho para sus clientes era su doble vida como astrólogo y sus cartas astrales...

El esquema se repetía una y otra vez. La vida parecía tranquila y sencilla, pero al mismo tiempo tenía más dobleces que un visillo bizantino. La clave estaba en abandonarse al ritmo peculiar del pueblo, escuchar a sus gentes y dejar que ellas los guiasen a través de los ceremoniales que todo recién llegado debía completar, antes de poder afirmar que residía en Bahía Azul.

Por ello, cada vez que Simone acudía al pueblo a recoger el correo y los envíos de Lazarus, se dejaba caer por la panadería y tomaba conocimiento del pasado, el presente y el futuro. Las damas de Bahía Azul la acogieron de buen grado, y no tardaron en bombardearla con preguntas acerca de su misterioso patrón. Lazarus llevaba una vida retirada y raramente se dejaba ver por Bahía Azul. Esto, junto con el torrente de libros que recibía todas las semanas, lo convertía en un foco de misterios sin fin.

—Imagínese usted, amiga Simone —le confió en una ocasión Pascale Lelouch, la esposa del boticario—, un hombre solo, bueno, prácticamente solo..., en esa casa, con todos esos libros...

Simone acostumbraba a asentir sonriendo ante semejantes despliegues de sagacidad, sin soltar prenda. Como su difunto marido había dicho en una ocasión, no valía la pena perder el tiempo en intentar cambiar el mundo; bastaba con evitar que el mundo lo cambiase a uno.

Estaba también aprendiendo a respetar las extravagantes demandas de Lazarus respecto a su correspondencia. El correo personal debía ser abierto al día siguiente de su recepción y contestado con prontitud. El correo comercial u oficial debía ser abierto en el mismo día en que era recibido, pero nunca debía dársele respuesta antes de una semana. Y, por encima de todo, cualquier envío procedente de Berlín bajo el nombre de un tal Daniel Hoffmann debía serle entregado en persona y jamás, bajo ningún concepto, abierto por ella. El porqué de todos estos detalles no era de su incumbencia, concluyó Simone. Había descubierto que le gustaba vivir en aquel lugar y que le parecía un ambiente razonablemente saludable para que sus hijos creciesen lejos de París. Qué día se abriesen las cartas le resultaba absoluta y gloriosamente indiferente.

Por su parte, Dorian averiguó que incluso su dedicación semiprofesional a la cartografía le dejaba tiempo para hacer algunos amigos entre los muchachos del pueblo. A nadie parecía importarle si su familia era nueva o no; o si era un buen nadador o no (no lo era, inicialmente, pero sus nuevos colegas se encargaron de enseñarle a mantenerse a flote). Aprendió que la petanca era una ocupación para ciudadanos rumbo a la jubilación y que el perseguir a las chicas era tarea de quinceañeros petulantes y devorados por fiebres hormonales que atacaban el cutis y el sentido común. A su edad, aparentemente, lo que uno hacía era corretear en bicicleta, fantasear y observar el mundo, a la espera de que el mundo empezase a observarlo a uno. Y los domingos por la tarde, cine. Fue así como Dorian descubrió un nuevo amor inconfesable a cuyo lado la cartografía palidecía como una ciencia de pergaminos apolillados: Greta Garbo. Una criatura divina, cuya mención en la mesa a la hora de comer bastaba para quitarle el apetito, pese a que en el fondo era una anciana de... treinta años.

Mientras Dorian se debatía en la duda de si su fascinación por una mujer al borde de la vejez podía presentar visos de perversidad, Irene era quien, más que ninguno de ellos, recibía el impacto frontal de Hannah en toda su envergadura. La lista de jóvenes sin compromiso y de compañía deseable estaba en el orden del día. La idea de Hannah era que, si pasados quince días en el pueblo Irene no empezaba a coquetear con alguno de ellos lánguidamente, los muchachos comenzarían a tomarla por un bicho raro. La propia Hannah era la primera en admitir que, aunque en el capítulo de bíceps el cartel de figuras cumplía un aprobado digno, en lo referente al cerebro el reparto divino había sido escaso y estrictamente funcional. Pretendientes y moscones, en cualquier caso, no le faltaban, lo cual provocaba la sana envidia de su amiga.

—Hija mía, si yo tuviera el mismo éxito que tú, a estas alturas ya sería Mata-Hari —solía decir Hannah.

Irene, dirigiendo una mirada a la jauría de encontradizos, sonreía tímidamente.

—No estoy segura de que me apetezca... Parecen un poco tontos...

—¿Tontos? —estallaba Hannah ante aquel derroche de oportunidades—. ¡Si quieres oír algo interesante, vete al cine o coge un libro!

—Lo pensaré —reía Irene.

Hannah sacudía la cabeza.

—Acabarás como mi primo Ismael —sentenciaba entonces.

Ismael era su primo, tenía dieciséis años y, tal como había contado Hannah, se había criado con su familia a la muerte de sus padres. Trabajaba como marinero en el barco de su tío, pero sus verdaderas pasiones parecían ser la soledad y su velero, un esquife que había construido con sus propias manos y al que había bautizado con un nombre que Hannah jamás conseguía recordar.

—Algo griego, creo. ¡Ufff!

—¿Y dónde está ahora? —preguntó Irene.

—En el mar. Los meses de verano son buenos para los pescadores que se enrolan en expediciones en alta mar. Papá y él están en el *Estelle*. No vuelven hasta agosto —explicó Hannah.

—Debe de ser triste. Tener que pasar tanto tiempo en el mar, separados...

Hannah se encogió de hombros.

—Hay que ganarse la vida...

—No te gusta mucho trabajar en Cravenmoore, ¿verdad? —insinuó Irene.

Su amiga la observó con cierta sorpresa.

—No es asunto mío..., claro —rectificó Irene.

—No me molesta la pregunta —dijo Hannah sonriendo—. La verdad es que no me gusta demasiado, no.

—¿Por Lazarus?

—No. Lazarus es amable y ha sido muy bueno con nosotros. Cuando papá tuvo el accidente de las hélices, hace años, fue él quien pagó toda la operación. Si no fuese por Lazarus...

—¿Entonces?...

—No sé. Es ese lugar. Las máquinas... Está lleno de máquinas que te miran en todo momento.

—Son sólo juguetes.

—Prueba a dormir una noche allí. A la que cierras los ojos, tic-tac, tic-tac...

Ambas se miraron.

—¿Tic-tac, tic-tac...? —repitió Irene.

Hannah le dedicó una sonrisa sarcástica.

—Yo seré una cobardica, pero tú vas camino de ser una solterona.

—Me encantan las solteronas —replicó Irene.

De este modo, casi sin advertirlo, un día tras otro desfiló por el calendario y, antes de que pudiesen darse cuenta, agosto entró por la puerta. Con él, llegaron también las primeras lluvias del verano, tormentas pasajeras que apenas duraban un par de horas. Simone, ocupada en sus nuevos quehaceres. Irene, acostumbrándose a la vida con Hannah. Y Dorian, para qué hablar, aprendiendo a bucear mientras trazaba mapas imaginarios de la geografía secreta de Greta Garbo.

Un día cualquiera, uno de esos días de agosto en que la lluvia de la noche anterior había esculpido en las nubes castillos de algodón sobre una lámina de azul resplandeciente, Hannah e Irene decidieron ir a dar un paseo por la Playa del Inglés. Se cumplía un mes y medio de la llegada de los Sauvelle a Bahía Azul. Y cuando parecía que ya no había lugar para las sorpresas, éstas estaban todavía por empezar.

La luz del mediodía desvelaba un rastro de pisadas a lo largo de la línea de la marea, muescas en una lámina blanca; sobre el mar, los mástiles lejanos del puerto parpadeaban como espejismos.

En medio de una blanca inmensidad de arena fina como el polvo, Irene y Hannah descansaban sobre los restos de un antiguo bote varado en la orilla, rodeadas por una bandada de pequeños pájaros azules que parecían anidar ente las dunas níveas de la playa.

—¿Por qué la llaman la Playa del Inglés? —preguntó Irene, contemplando la extensión desolada que mediaba entre el pueblo y el cabo.

—Aquí vivió, durante años, un viejo pintor inglés, en una cabaña. El pobre tenía más deudas que pinceles. Regalaba cuadros a la gente del pueblo a cambio de comida y ropa. Murió hace tres años. Lo enterraron aquí, en la playa donde había pasado toda su vida —explicó Hannah.

—Si a mí me dejasen elegir, también me gustaría que me enterrasen en un lugar como éste.

—Alegres pensamientos —bromeó Hannah, no sin cierto reproche.

—Pero no tengo prisa —puntualizó Irene, al tiempo que su mirada reparaba en la presencia de un pequeño velero que surcaba la bahía a un centenar de metros de la costa.

—Ufff... —murmuró su amiga—. Ahí está: el marinero solitario. No ha sido capaz ni de esperar un día a coger su velero.

—¿Quién?

—Mi padre y mi primo llegaron ayer del barco —explicó Hannah—. Mi padre todavía está durmiendo, pero ése... No tiene cura.

Irene oteó el mar y observó el velero surcando la bahía.

—Es mi primo Ismael. Se pasa media vida en ese velero, al menos cuando no trabaja con mi padre en el muelle. Pero es un buen chico... ¿Ves esta medalla?

Hannah le mostró una preciosa medalla que pendía de su cuello en una cadena de oro: un sol sumergiéndose en el mar.

—Es un regalo de Ismael...

—Es preciosa —dijo Irene, observando detalladamente la pieza.

Hannah se incorporó y profirió un alarido que hizo que la bandada de pájaros azules se catapultara al otro extremo de la playa. Al poco, la tenue figura al timón del velero saludó, y la embarcación puso proa hacia la playa.

—Sobre todo, no le preguntes por el velero —advirtió Hannah—. Y si es él quien introduce el tema, no le preguntes cómo lo hizo. Puede estarse horas hablando de ello sin parar.

—Es cosa de familia...

Hannah le dedicó una mirada furibunda.

—Creo que te abandonaré aquí en la playa, a merced de los cangrejos.

—Lo siento.

—Se acepta. Pero si yo te parezco parlanchina, espera a conocer a mi madrina. El resto de la familia parecemos mudos a su lado.

—Seguro que me encantará conocerla.

—Ja —replicó Hannah, incapaz de reprimir su sonrisa socarrona.

El velero de Ismael cortó limpiamente la línea del rompiente y la quilla del bote se insertó en la arena como una cuchilla. El joven se apresuró a aflojar el aparejo y arrió la vela hasta la base del mástil en apenas unos segundos. Práctica, evidentemente, no le faltaba. Tan pronto saltó a tierra firme, Ismael dedicó a Irene una involuntaria mirada de pies a cabeza cuya elocuencia no desmerecía de sus artes navegatorias. Hannah, ojos en blanco y media lengua fuera con gesto burlón, se apresuró a hacer las presentaciones; a su modo, naturalmente.

—Ismael, ésta es mi amiga Irene —anunció amablemente—, pero no hace falta que te la comas.

El chico propinó un codazo a su prima y tendió su mano a Irene:

—Hola...

Su escueto saludo iba unido a una sonrisa tímida y sincera. Irene estrechó su mano.

—Tranquila, no es tonto; es su manera de decir que está encantado y todo eso —matizó Hannah.

—Mi prima habla tanto que a veces creo que va a gastar el diccionario —bromeó Ismael—. Supongo que ya te ha comentado que no debes preguntarme por el velero...

—Lo cierto es que no —contestó cautamente Irene.

—Ya. Hannah piensa que ése es el único tema del que sé hablar.

—Las redes y los aparejos tampoco se te dan mal, pero donde esté el velero, primo, agua fresca.

Irene asistió divertida al duelo de puyas con que ambos se complacían en batallar. No parecía haber malicia en ello o, al menos, ni más ni menos que la necesaria para añadir una pizca de pimienta a la rutina.

—Tengo entendido que os habéis instalado en la Casa del Cabo —dijo Ismael.

Irene se concentró en el muchacho y realizó su propio retrato. Unos dieciséis años, efectivamente; su piel y sus cabellos acusaban el tiempo que había pasado en el mar. Su constitución revelaba el duro trabajo en los muelles, y sus brazos y sus manos estaban estampados con pequeñas cicatrices, poco habituales en los muchachos parisinos. Una cicatriz, más larga y pronunciada, se extendía a lo largo de su pierna derecha, desde poco más arriba de la rodilla hasta el tobillo. Irene se preguntó dónde habría conseguido semejante trofeo. Por último, reparó en sus ojos, el único rasgo de su apariencia que se le antojaba fuera de lo común. Grandes y claros, los ojos de Ismael parecían dibujados para esconder secretos tras una mirada intensa y vagamente triste. Irene recordaba miradas como aquélla en los soldados sin nombre con los que había compartido tres escasos minutos al compás de una banda de cuarta categoría, miradas que ocultaban miedo, tristeza o amargura.

—Querida, ¿estás en trance? —la interrumpió Hannah.

—Estaba pensando que se me hace tarde. Mi madre estará preocupada.

—Tu madre estará encantada de que la dejéis unas horas en paz, pero allá tú —dijo Hannah.

—Puedo acercarte con el velero si quieres —ofreció Ismael—. La Casa del Cabo tiene un pequeño embarcadero entre las rocas.

Irene intercambió una mirada inquisitiva con Hannah.

—Si dices que no, le rompes el corazón. Mi primo no invitaría a su velero ni a Greta Garbo.

—¿Tú no vienes? —preguntó Irene, algo azorada.

—No subiría a ese cascarón ni aunque me pagasen. Además, es mi día libre y esta noche hay baile en la plaza. Yo que tú lo pensaría. Los buenos partidos están en tierra firme. Te lo dice la hija de un pescador. Pero no sé qué digo. Anda, ve. Y tú, marinero, más te vale que mi amiga llegue entera a puerto. ¿Me has oído?

El velero, que al parecer se llamaba *Kyaneos*, según rezaba la leyenda sobre el casco, se hizo a la mar mientras sus velas blancas se expandían al viento y la proa cortaba el agua rumbo al cabo.

Ismael le dirigía tímidas sonrisas a la chica entre maniobra y maniobra, y sólo tomó asiento junto al timón una vez que el bote hubo adquirido un rumbo estable sobre la corriente. Irene, aferrada a la banqueta, dejó que su piel se impregnase con las gotas de agua que la brisa lanzaba sobre ellos. Para entonces, el viento los empujaba con fuerza, y Hannah se había transformado en una diminuta figura que saludaba desde la orilla. El vigor con que el velero surcaba la bahía y el sonido del mar contra el casco inspiraron en Irene ansias de reír sin motivo aparente.

—¿Primera vez? —preguntó Ismael—. En un velero, quiero decir.

Irene asintió.

—Es diferente, ¿verdad?

Ella asintió de nuevo, sonriendo, sin poder despegar los ojos de la gran cicatriz que marcaba la pierna de Ismael.

—Un congrio —explicó el muchacho—. Es una historia un poco larga.

Irene alzó la mirada y contempló la silueta de Cravenmoore emergiendo entre las cimas del bosque.

—¿Qué significa el nombre de tu velero?

—Es griego. *Kyaneos:* cian —respondió Ismael enigmáticamente.

Y como Irene fruncía el ceño, sin comprender, continuó:

—Los griegos usaban esta palabra para describir el color azul oscuro, el color del mar. Cuando

Homero habla del mar, compara su color con el de un vino oscuro. Ésa era su palabra: *kyaneos*.

—Veo que sabes hablar de algo más, aparte de tu bote y las redes.

—Lo intento.

—¿Quién te lo enseñó?

—¿A navegar? Aprendí solo.

—No; sobre los griegos...

—Mi padre era aficionado a la Historia. Aún conservo algunos de sus libros...

Irene guardó silencio.

—Hannah debe de haberte contado que mis padres murieron.

Ella se limitó a asentir. El islote del faro se alzaba a un par de centenares de metros. Irene lo contempló, fascinada.

—El faro está cerrado desde hace muchos años. Ahora se emplea el del puerto de Bahía Azul —le explicó.

—¿Nadie viene a la isla ya? —preguntó Irene.

Ismael negó con la cabeza.

—¿Y eso?

—¿Te gustan las historias de fantasmas? —le ofreció como respuesta.

—Depende...

—La gente del pueblo cree que el islote del faro está embrujado o algo así. Se dice que una mujer se ahogó allí hace mucho tiempo. Hay quien ve luces.

En fin, cada pueblo tiene sus habladurías, y éste no iba a ser menos.

—¿Luces?

—Las luces de septiembre —dijo Ismael mientras rebasaban el islote a estribor—. La leyenda, si la quieres llamar así, dice que una noche, a finales de verano, durante el baile de máscaras del pueblo, las gentes vieron cómo una mujer enmascarada tomaba un velero en el puerto y se hacía a la mar. Unos opinan que acudía a una cita secreta con su amante en el islote del faro; otros, que huía de un crimen inconfesable... Ya ves, todas las explicaciones son válidas porque, de hecho, nadie supo realmente quién era. Su rostro estaba cubierto por una máscara. Sin embargo, mientras cruzaba la bahía, una terrible tormenta que se desató de improviso arrastró su bote contra las rocas y lo destrozó. La mujer misteriosa y sin rostro se ahogó, o al menos nunca se encontró su cuerpo. Días más tarde, la marea devolvió su máscara, destrozada por las rocas. Desde entonces, la gente dice que, durante los últimos días del verano, al anochecer, pueden verse luces en la isla...

—El espíritu de aquella mujer...

—Ajá..., tratando de completar su viaje inacabado a la isla... Eso se dice.

—¿Y es cierto?

—Es una historia de fantasmas. O la crees o no.

—¿Tú la crees? —inquirió Irene.

—Yo creo sólo en lo que veo.

—Un marino escéptico.

—Algo así.

Irene dedicó una nueva mirada al islote. Las olas rompían con fuerza en las rocas. Los cristales agrietados en la torre del faro refractaban la luz, descomponiéndola en un arco iris fantasmal que se desvanecía entre la cortina de agua que salpicaba en el rompiente.

—¿Has estado allí alguna vez? —preguntó.

—¿En el islote?

Ismael tensó la jarcia y, con un golpe de timón, el velero escoró a babor, poniendo proa hacia el cabo y cortando la corriente que venía del canal.

—A lo mejor te gustaría ir a visitarlo —propuso—, el islote.

—¿Se puede?

—Todo se puede hacer. Es cuestión de atreverse a ello o no —repuso Ismael con una sonrisa desafiante.

Irene sostuvo su mirada.

—¿Cuándo?

—El próximo sábado. En mi velero.

—¿Solos?

—Solos. Aunque si te da miedo...

—No me da miedo —atajó Irene.

—Entonces, el sábado. Te recogeré en el embarcadero a media mañana.

Irene desvió la mirada hacia la costa. La Casa del Cabo se alzaba en los acantilados. Dorian, desde el porche, los observaba con curiosidad poco disimulada.

—Mi hermano Dorian. A lo mejor te apetece subir a conocer a mi madre...

—No soy bueno con las presentaciones familiares.

—Otro día, entonces.

El velero penetró en la pequeña cala natural que abrigaban los acantilados al pie de la Casa del Cabo. Con destreza largamente ensayada, abatió la vela y permitió que la propia inercia de la corriente arrastrase el casco hasta el embarcadero. Ismael cogió un cabo y saltó a tierra para sujetar el bote. Una vez que el velero estuvo asegurado, Ismael tendió su mano a Irene.

—Por cierto, Homero era ciego. ¿Cómo podía saber él de qué color era el mar? —preguntó la muchacha.

Ismael tomó su mano y, de un fuerte impulso, la izó hasta el embarcadero.

—Una razón más para creer sólo en lo que ves —respondió el chico, sosteniendo todavía su mano.

Las palabras de Lazarus durante la primera noche en Cravenmoore acudieron a la mente de Irene.

—A veces los ojos engañan —apuntó.

—No a mí.

—Gracias por la travesía.

Ismael asintió, dejando escapar su mano lentamente.

—Hasta el sábado.

—Hasta el sábado.

Ismael saltó de nuevo al velero, aflojó el cabo y permitió que la corriente lo alejase del embarcadero mientras izaba de nuevo la vela. El viento lo llevó hasta la bocana de la cala y, en apenas unos segundos, el *Kyaneos* se adentró en la bahía cabalgando sobre las olas.

Irene permaneció en el embarcadero, observando cómo la vela blanca se empequeñecía en la inmensidad de la bahía. En algún momento advirtió que todavía llevaba la sonrisa pegada al rostro y que un hormigueo sospechoso le recorría las manos. Supo entonces que aquélla iba a ser una semana muy, muy larga.

4. SECRETOS Y SOMBRAS

En Bahía Azul, el calendario sólo distinguía dos épocas: verano y el resto del año. En verano las gentes del pueblo triplicaban sus horarios de trabajo, abasteciendo a las poblaciones costeras de los alrededores que albergaban balnearios, turistas y gentes venidas de la ciudad en busca de playas, sol y aburrimiento de pago. Panaderos, artesanos, sastres, carpinteros, albañiles y toda suerte de oficios dependían de los tres meses largos en que el sol sonreía en la costa de Normandía. Durante esas trece o catorce semanas, los habitantes de Bahía Azul se transformaban en laboriosas hormigas, para poder languidecer tranquilamente el resto del año como modestas cigarras. Y si algunos días eran especialmente intensos, ésos eran los primeros de agosto, cuando la demanda de producto local subía del cero al infinito.

Una de las pocas excepciones a esa regla era Christian Hupert. Él, como los demás patrones de pesqueros del pueblo, sufría el destino de la hormiga doce meses al año. Tales pensamientos cruzaban la mente del experimentado pescador todos los veranos por las mismas fechas, mientras veía cómo el pueblo desplegaba velas a su alrededor. Era entonces cuando pensaba que había equivocado la carrera y que más sabio hubiera sido romper la tradición de siete generaciones y establecerse como hostelero, comerciante o lo que fuera. Tal vez así, su hija Hannah no tendría que pasar la semana sirviendo en Cravenmoore y tal vez así el pescador conseguiría ver el rostro de su esposa más de treinta minutos diarios, quince al amanecer, quince al anochecer.

Ismael contempló a su tío mientras ambos trabajaban en la reparación de la bomba de achique del barco. El rostro meditabundo del pescador lo delataba.

—Podrías abrir un taller de náutica —apuntó Ismael.

Su tío contestó con un graznido o algo similar.

—O vender el barco e invertir en la tienda de monsieur Didier. Hace seis años que no para de insistir —continuó el chico.

Su tío interrumpió la tarea y observó a su sobrino. Trece años ejerciendo como padre no habían conseguido borrar lo que más temía y adoraba a la vez en el muchacho: su obstinada y rematada semejanza con su difunto padre, incluida la afición a opinar cuando nadie le había pedido consejo.

—Tal vez deberías ser tú quien hiciese eso —replicó Christian—. Yo ya voy para los cincuenta. Uno no cambia de oficio a mi edad.

—Entonces, ¿por qué te lamentas?

—¿Y quién no se lamenta?

Ismael se encogió de hombros. Ambos se concentraron de nuevo en la bomba de achique.

—Está bien. No diré ni una palabra más —murmuró Ismael.

—No tendremos esa suerte. Refuerza ese tensor.

—Ese tensor no tiene remedio. Deberíamos cambiar la bomba. Un día vamos a tener un susto.

Hupert ofreció su sonrisa predilecta, reservada a los tasadores de la lonja, las autoridades del puerto y los pardillos de diverso pelaje.

—Esta bomba perteneció a mi padre. Antes, a mi abuelo. Y antes de él...

—A eso me refiero —atajó Ismael—. Probablemente haría más servicio en un museo que aquí.

—Amén.

—Tengo razón. Y tú lo sabes.

Hacer rabiar a su tío era, con la posible excepción de navegar en su velero, una de sus ocupaciones predilectas.

—No pienso seguir discutiendo sobre el tema. Punto. Fin. Se acabó.

Por si quedaba poco claro, Hupert remató su sentencia con una vuelta de llave enérgica y decidida.

Súbitamente se oyó un sospechoso crujido en el interior de la bomba de achique. Hupert sonrió al muchacho. Dos segundos más tarde, el tope del tensor que acababa de asegurar salió catapultado en trayectoria parabólica sobre las cabezas de ambos, seguido de lo que parecía un émbolo, un juego completo de tuercas y quincallería sin identificar. Tío y sobrino siguieron la evolución de la chatarra hasta que aterrizó, con poca discreción, sobre la cubierta del buque contiguo, el barco de Gerard Picaud. Picaud, un antiguo boxeador con la constitución de un toro y el cerebro de un percebe, examinó las piezas y, acto seguido, oteó el cielo. Hupert e Ismael intercambiaron una mirada.

—No creo que vayamos a notar la diferencia —sugirió Ismael.

—Cuando quiera tu opinión...

—La pedirás. De acuerdo. A propósito, me preguntaba si te importaría que me tomase el próximo sábado libre. Quisiera hacer algunas reparaciones en el velero...

—¿Esas reparaciones son, por casualidad, rubias, de metro setenta y ojos verdes? —dejó caer Hupert.

El pescador sonrió ladinamente a su sobrino.

—Las noticias corren rápidamente —dijo Ismael.

—Si de tu prima dependen, vuelan, querido sobrino. ¿Cuál es el nombre de la dama?

—Irene.

—Ya veo.

—No hay nada que ver.

—Tiempo al tiempo.

—Es agradable, eso es todo.

—«Es agradable, eso es todo» —repitió Hupert, imitando la voz de fría indiferencia de su sobrino.

—Mejor olvídalo. No es una buena idea. Trabajaré el sábado —cortó Ismael.

—Pues hay que limpiar la sentina. Hay pescado podrido desde hace semanas y huele a demonios.

—Perfecto.

Hupert soltó una carcajada.

—Eres tan tozudo como tu padre. ¿Te gusta la chica o no?

—Pse.

—Conmigo no uses monosílabos, Romeo. Te triplico la edad. ¿Te gusta o no?

El chico se encogió de hombros. Sus mejillas ardían como melocotones maduros. Por fin dejó escapar un murmullo ininteligible.

—Traduce —insistió su tío.

—He dicho que sí. Creo que sí. Casi ni la conozco.

—Bien. Eso es más de lo que pude yo decir de tu tía la primera vez que la vi. Y al cielo pongo por testigo de que es una santa.

—¿Cómo era de joven?

—No empecemos o te pasas el sábado en la sentina —amenazó Hupert.

Ismael asintió y procedió a recoger las herramientas de trabajo. Su tío se limpió la grasa de las manos mientras lo observaba de refilón. La última chica por la que había mostrado interés había sido una tal Laura, la hija de un viajante de Burdeos, y de eso hacía casi dos años. El único amor de su sobrino, al margen de su intimidad impenetrable, parecía ser el mar, y la soledad. La chica debía de tener algo especial.

—Tendré la sentina limpia antes del viernes —anunció Ismael.

—Es toda tuya.

Cuando tío y sobrino saltaron al muelle, de vuelta a casa al anochecer, su vecino Picaud seguía examinando las misteriosas piezas, tratando de determinar si ese verano lloverían tornillos o si el cielo trataba de enviarle alguna señal.

Llegado agosto, los Sauvelle ya tenían la sensación de llevar viviendo en Bahía Azul por lo menos un año. Quienes no los conocían ya estaban informados de sus andanzas gracias a las artes parlantes de Hannah y de su madre, Elisabet Hupert. Por un extraño fenómeno, a medio camino entre la chafardería y la magia, las noticias llegaban a la panadería donde ésta trabajaba antes de que se produjesen. Ni la radio ni la prensa podían competir con el establecimiento de Elisabet Hupert. Cruasanes y noticias frescas, del amanecer al crepúsculo. De tal modo, para el viernes, los únicos habitantes de Bahía Azul que no estaban al corriente del supuesto flechazo entre Ismael Hupert y la recién llegada, Irene Sauvelle, eran los peces y los propios interesados. Poco importaba si algo había pasado o si llegaría a pasar. La breve travesía desde la Playa del Inglés a la Casa del Cabo en el velero ya había pasado a formar parte de los anales de aquel verano de 1937.

Realmente, las primeras semanas de agosto en Bahía Azul transcurrieron a toda velocidad. Simone había conseguido establecer finalmente un mapa mental de Cravenmoore. La lista de todas las tareas urgentes en el mantenimiento de la casa era infinita. Tan sólo emprender el contacto con los proveedores del pueblo, aclarar las cuentas y la contabilidad y atender la correspondencia de Lazarus bastaban para ocupar todo su tiempo, descontando los minutos que empleaba en respirar y dormir. Dorian, armado de una bicicleta que Lazarus tuvo a bien regalarle como obsequio de bienvenida, se convirtió en su paloma mensajera y, en cuestión de días, el muchacho se conocía el camino de la Playa del Inglés piedra a piedra, bache a bache.

De este modo, todas las mañanas Simone iniciaba su jornada despachando la correspondencia que había de salir y repartiendo meticulosamente la recibida, tal y como Lazarus le había explicado. Una pequeña nota, apenas una hoja de papel doblada, le permitía tener a mano un rápido recordatorio de todas las rarezas que Lazarus entrañaba. Todavía recordaba su tercer día, cuando estuvo a punto de abrir accidentalmente una de las cartas enviadas desde Berlín por el tal Daniel Hoffmann. La memoria la rescató en el último segundo.

Los envíos de Hoffmann solían llegar cada nueve días, casi con precisión matemática. Los sobres de pergamino aparecían siempre lacrados, con un escudo en forma de «D». Pronto, Simone se acostumbró a separarlos del resto e ignoró la particularidad del tema. Durante la primera semana de agosto, sin embargo, sucedió algo que despertó de nuevo su curiosidad por la intrigante correspondencia del señor Hoffmann.

Simone había acudido de buena mañana al estudio de Lazarus para dejar sobre su escritorio una serie de facturas y pagos que habían llegado. Prefería hacerlo en las primeras horas del día, antes de que el fabricante de juguetes acudiese a su estudio, para evitar interrumpirlo e importunarlo más tarde. El difunto Armand tenía el hábito de empezar su jornada revisando pagos y facturas. Mientras pudo.

El caso es que, aquella mañana, Simone entró como era habitual en el estudio y advirtió el olor de tabaco en el aire, lo que hacía suponer que Lazarus se había quedado hasta tarde la noche anterior. Estaba depositando los documentos en el escritorio cuando observó que había algo en el hogar, humeando entre las brasas de la madrugada. Intrigada, se acercó hasta allí y trató de dilucidar con el atizador de qué se trataba. A primera vista, el objeto parecía un fajo de papeles atados que el fuego no había conseguido devorar por completo. Estaba a punto de abandonar la sala cuando, entre las brasas, distinguió claramente el escudo lacrado sobre el fajo de papel. Cartas. Lazarus había echado al fuego las cartas de Daniel Hoffmann para destruirlas. Fuera cual fuese el motivo, se dijo Simone, no era asunto suyo. Dejó el atizador y salió del estudio decidida a no volver a curiosear nunca más en los asuntos personales de su patrón.

El repiqueteo de la lluvia arañando en los cristales despertó a Hannah. Era medianoche. La habitación estaba sumida en una tiniebla azul y la luz de la tormenta lejana sobre el mar dibujaba espejismos de sombras a su alrededor. El tintineo de uno de los relojes parlantes de Lazarus sonaba mecánicamente desde la pared, los ojos sobre el rostro sonriente mirando a un lado y a otro sin cesar. Hannah suspiró. Detestaba pasar la noche en Cravenmoore.

A la luz del día, la casa de Lazarus Jann se le antojaba como un interminable museo de prodigios y maravillas. Caída la noche, sin embargo, los cientos de criaturas mecánicas, los rostros de las máscaras y los autómatas se transformaban en una fauna espectral que jamás dormía, siempre atenta y vigilante en las tinieblas de la casa, sin dejar de sonreír, sin dejar de mirar a ninguna parte.

Lazarus dormía en una de las habitaciones del ala oeste, contigua a la de su esposa. Al margen de ellos dos y de la propia Hannah, la casa estaba únicamente poblada por las decenas de creaciones del fabricante de juguetes, en cada pasillo, en cada habitación. En el silencio de la madrugada, Hannah podía oír el eco de las entrañas mecánicas de todos ellos. A veces, cuando el sueño la rehuía, permanecía durante horas imaginándolos inmóviles, con los ojos de cristal brillando en la oscuridad.

Apenas había cerrado los párpados de nuevo cuando oyó por primera vez aquel sonido, un impacto regular amortiguado por la lluvia. Hannah se incorporó y cruzó la habitación hasta el umbral de claridad de la ventana. La jungla de torres, arcos y techumbres anguladas de Cravenmoore yacía bajo el manto de la tormenta. Los hocicos lobunos de las gárgolas escupían ríos de agua negra al vacío. Cómo aborrecía ese lugar...

El sonido llegó de nuevo a sus oídos y la mirada de Hannah se posó sobre la hilera de ventanales del ala oeste. El viento parecía haber abierto una de las ventanas del segundo piso. Los cortinajes ondeaban en la lluvia y los postigos golpeaban una y otra vez. La muchacha maldijo su suerte. La sola idea de salir al pasillo y cruzar la casa hasta el ala oeste le helaba la sangre.

Antes de que el miedo la disuadiera de su deber, se enfundó una bata y unas zapatillas. No había luz, así que tomó uno de los candelabros y prendió la llama de las velas. Su parpadeo cobrizo trazó un halo fantasmal a su alrededor. Hannah colocó su mano sobre el frío pomo de la puerta de la habitación y tragó saliva. Lejos, los postigos de aquella habitación oscura seguían golpeando una y otra vez. Esperándola.

Cerró la puerta de su habitación a su espalda y se enfrentó a la fuga infinita del pasillo que se adentraba en las sombras. Alzó el candelabro y penetró en el corredor, flanqueado por las siluetas suspendidas en el vacío de los juguetes aletargados de Lazarus. Hannah concentró la mirada al frente y apresuró el paso. El segundo piso albergaba muchos de los viejos autómatas de Lazarus, criaturas que se movían torpemente, cuyas facciones a menudo resultaban grotescas y, en ocasiones, amenazadoras. Casi todos estaban enclaustrados en vitrinas de cristal, tras las cuales cobraban vida repentinamente, sin aviso, a las órdenes de algún mecanismo interno que los despertaba de su sueño mecánico al azar.

Hannah cruzó frente a *Madame Sarou*, la adivina que barajaba entre sus manos apergaminadas los naipes del tarot, escogía uno y lo mostraba al espectador. Pese a todos sus esfuerzos, la doncella no pudo evitar mirar la efigie espectral de aquella gitana de madera tallada. Los ojos de la gitana se abrieron y sus manos extendieron un naipe hacia ella. Hannah tragó saliva. El naipe mostraba la figura de un diablo rojo envuelto en llamas.

Unos metros más allá, el torso del hombre de las máscaras oscilaba de un lado a otro. El autómata deshojaba su rostro invisible una y otra vez, descubriendo diferentes máscaras. Hannah desvió la mirada y se apresuró. Había cruzado ese pasillo centenares de veces a la luz del día. Eran tan sólo máquinas sin vida y no merecían su atención; mucho menos, su temor.

Con este pensamiento tranquilizador en mente, dobló el extremo del corredor que conducía al ala oeste. La pequeña orquesta en miniatura del *Maes-*

tro Firetti reposaba a un lado del pasillo. Por una moneda, las figuras de la banda interpretaban una peculiar versión de la *Marcha turca* de Mozart.

Hannah se detuvo frente a la última puerta del corredor, una inmensa lámina de madera de roble labrada. Cada una de las puertas de Cravenmoore poseía un relieve distinto, tallado en la madera, que escenificaba cuentos célebres: los hermanos Grimm inmortalizados en jeroglíficos de ebanistería palaciega. A ojos de la chica, sin embargo, los grabados eran sencillamente siniestros. Jamás había entrado en aquella estancia; una más entre las numerosas habitaciones de la casa en las que ella no había puesto los pies. Y no lo haría a menos que fuese necesario.

La ventana golpeaba al otro lado de la puerta. El aliento helado de la noche se filtraba entre las junturas de ésta, acariciando su piel. Hannah dirigió una última mirada al largo corredor a sus espaldas. Los rostros de la orquesta oteaban las sombras. Se oía claramente el sonido del agua y la lluvia, como miles de pequeñas arañas correteando sobre el tejado de Cravenmoore. La muchacha inspiró profundamente y, posando la mano sobre el pomo de la puerta, penetró en la habitación.

Una bocanada de aire gélido la envolvió, selló la puerta a sus espaldas con violencia y extinguió las llamas de las velas. Las cortinas de gasa ondeaban impregnadas de lluvia como mortajas al viento. Hannah se adentró unos pasos en la habitación y se apresuró a cerrar la ventana, asegurando el cierre que el viento había aflojado. La muchacha palpó el bolsillo de su batín con dedos temblorosos y extrajo la cajetilla de fósforos para prender de nuevo las llamas de las velas. Las tinieblas cobraron vida a su alrededor, ante la lumbre danzante del candelabro. Tras ellas, la claridad desvelaba lo que a sus ojos le pareció la habitación de un niño.Un pequeño lecho junto a un escritorio. Libros y ropas infantiles tendidas sobre una silla. Un par de zapatos pulcramente alineados bajo la cama. Un diminuto crucifijo pendiente de uno de los mástiles del lecho.

Hannah avanzó unos pasos. Había algo extraño, algo desconcertante que no acertaba a descubrir acerca de aquellos objetos y muebles. Sus ojos sondearon de nuevo la habitación infantil. No había niños en Cravenmoore. Nunca los había habido. ¿Qué sentido tenía aquella cámara?

Repentinamente, la idea vino a su mente. Ahora comprendía lo que la había desconcertado en un principio. No era el orden. Ni la pulcritud. Era algo tan sencillo, tan simple, que resultaba difícil incluso detenerse a pensar en ello. Aquélla era la habitación de un niño. Pero faltaba algo... Juguetes.No había ni un solo juguete en toda la estancia.

Hannah alzó el candelabro y descubrió algo más sobre los muros. Papeles. Recortes. La muchacha posó el candelabro sobre la mesa del escritorio infantil y se aproximó a ellos. Un mosaico de viejos recortes y fotografías cubría la pared. El rostro blanquecino de una mujer dominaba un retrato; sus facciones eran duras, cortadas, y sus ojos negros irradiaban una aura amenazadora. El mismo rostro aparecía en otras imágenes. Hannah concentró sus ojos sobre un retrato de la misteriosa dama con un niño en los brazos.

Su mirada recorrió el muro y reparó en los pedazos de viejos periódicos, cuyos titulares no parecían tener ninguna relación. Noticias acerca de un terrible incendio en una factoría de París y sobre la desaparición de un personaje llamado Hoffmann durante la tragedia. El rastro obsesivo de aquella presencia parecía impregnar toda la colección de recortes, alineados como lápidas en los muros de un cementerio de memorias y recuerdos. Y en el centro, rodeado por decenas de otros pedazos ilegibles, la primera página de un periódico fechado en 1890. Sobre ella, el rostro de un niño. Sus ojos estaban llenos de terror, los ojos de un animal apaleado.

La fuerza de aquella imagen la golpeó con violencia. La mirada de aquel muchacho de apenas seis o siete años parecía haber sido testigo de un horror que apenas podía comprender. Hannah sintió frío, un frío intenso que irradiaba de su propio interior.

Sus ojos trataron de descifrar el texto borroso que rodeaba la imagen. «Un niño de ocho años es hallado tras haber pasado siete días encerrado en un sótano, abandonado, en la oscuridad», se leía en el pie de foto. Hannah observó de nuevo el rostro del pequeño. Había algo vagamente familiar en sus facciones, tal vez en sus ojos...

En ese preciso instante, Hannah creyó oír el eco de una voz, una voz que susurraba a su espalda. Se volvió, pero no había nadie allí. La joven dejó escapar un suspiro. Los haces vaporosos que emanaban de las velas atrapaban en el aire miles de motas de polvo y sembraban una niebla púrpura a su alrededor. Se aproximó hasta el umbral de uno de los ventanales y abrió con los dedos una franja entre la cortina de vaho que velaba el cristal. El bosque estaba sumido en la bruma. Las luces del estudio de Lazarus, en el extremo del ala oeste, estaban encendidas, y su silueta se podía distinguir recortada entre el cálido halo dorado que parpadeaba tras los cortinajes. Una aguja de luz penetró a través del claro entre el vaho y tendió un cable de claridad a lo largo de la habitación.

Esta vez, la voz sonó de nuevo, más clara y cercana. Susurraba su nombre. Hannah se enfrentó a la habitación en penumbra y por primera vez advirtió el brillo que despedía un pequeño frasco de cristal. El frasco, negro como obsidiana, estaba resguardado en una diminuta hornacina en la pared, envuelto en un espectro de reflejos.

La chica se acercó lentamente hasta aquel lugar y examinó el frasco. A primera vista, semejaba una botella de perfume, pero jamás había visto un ejemplar tan bello como aquél, ni una talla en cristal tan elaborada como la que exhibía el frasco. Un tapón en forma de prisma desprendía un arco iris a su alrededor. Hannah sintió un deseo irrefrenable de tomar aquel objeto en sus manos y acariciar con sus dedos las líneas perfectas del cristal.

Con cuidado extremo, rodeó el frasco con las manos. Pesaba más de lo que esperaba, y el cristal ofrecía un tacto helado, casi doloroso al contacto con la piel. Lo alzó a la altura de los ojos y trató de entrever en su interior. Cuanto sus ojos pudieron advertir era una negrura impenetrable. Sin embargo, al trasluz, Hannah experimentó la ilusión de que algo se movía en el interior. Un espeso líquido negro, tal vez un perfume...

Sus dedos temblorosos asieron el tapón de cristal tallado. Algo se agitó en el interior del frasco. Hannah dudó un instante. Pero la perfección de aquel objeto parecía prometer la fragancia más embriagadora que pudiera imaginar. Hizo girar el tapón lentamente. La negrura en el interior del frasco se agitó de nuevo, pero ella ya no le prestaba atención. Finalmente, el tapón cedió.

Un sonido indescriptible, el aullido del gas escapando a presión, inundó la estancia. En apenas un segundo, una masa de negrura se expandió en el aire desde la boca del frasco, como una mancha de tinta en un estanque. Hannah sintió que le temblaban las manos y que aquella voz susurrante la envolvía. Cuando volvió a mirar el frasco, comprobó que el cristal era transparente y que lo que fuera que había ocupado su interior se había liberado gracias a ella. La muchacha dejó el frasco de nuevo en su lugar. Sintió una fría corriente de aire recorriendo la habitación, extinguiendo las llamas de las velas una a una. A medida que la oscuridad se extendía por la estancia, una nueva presencia se hizo visible entre la negrura. Una silueta impenetrable se esparcía sobre los muros pintándolos de tinieblas.

Una sombra.

Hannah retrocedió despacio hacia la puerta. Sus manos temblorosas se posaron sobre el frío pomo a su espalda. Abrió lentamente la puerta sin apartar los ojos de la oscuridad y se dispuso a salir de la habitación a toda prisa. Algo avanzaba hacia ella, podía sentirlo.

La muchacha tiró del pomo para sellar la habitación y uno de los relieves de la puerta se enganchó en la cadena que rodeaba su cuello. Simultáneamente, un sonido grave y escalofriante resonó a sus espaldas, el siseo de una gran serpiente. Hannah sintió lágrimas de terror deslizándose por sus mejillas. La cadena se rompió y la muchacha pudo oír cómo la medalla caía en la oscuridad. Libre de la presa, Hannah se enfrentó al túnel de sombras que se abría ante ella. En uno de los extremos, la puerta que conducía a la escalinata del ala posterior estaba abierta. El silbido fantasmal se escuchó de nuevo. Más cerca. Hannah corrió hacia el umbral de la escalinata. Segundos más tarde identificó el sonido de la manija que empezaba a girar en la penumbra. Esta vez, el pánico arrancó un alarido de su garganta y la muchacha se lanzó escaleras abajo.

El camino de descenso hasta la planta baja se hizo infinito. Hannah saltaba los escalones de tres en tres, jadeando y tratando de no perder el equilibrio. Cuando llegó a la puerta que conducía a la parte trasera del jardín de Cravenmoore, sus tobillos y rodillas estaban repletos de golpes, pero apenas percibía el dolor. La adrenalina encendía un reguero de pólvora a través de sus venas y la empujaba a seguir corriendo. La puerta, que nunca se utilizaba, estaba cerrada. Hannah golpeó el cristal con el codo y la forzó desde el exterior. No sintió el corte en el antebrazo hasta que llegó a las sombras del jardín.

Corrió hacia el umbral del bosque mientras el aire fresco de la noche acariciaba sus ropas empapadas en sudor frío y las adhería a su cuerpo. Antes de internarse en la senda que cruzaba el bosque de Cravenmoore, Hannah se volvió hacia la casa esperando ver a su perseguidor cruzando las sombras del jardín. No había rastro de la aparición. Respiró profundamente. El aire frío le quemaba la garganta y clavaba en sus pulmones un punzón candente. Estaba dispuesta a correr de nuevo cuando avistó aquella silueta adherida a la fachada de Cravenmoore. Un rostro corpóreo emergió de la lámina de negrura, y la sombra descendió reptando entre las gárgolas como una gigantesca araña.

Hannah se lanzó a través del laberinto de oscuridad que cruzaba el bosque. La luna sonreía ahora entre los claros y teñía la neblina de azul. El viento encendía las voces siseantes de miles de hojas a su alrededor. Los árboles aguardaban a su paso como espectros petrificados, sus brazos le tendían un manto de amenazadoras garras. Y corrió desesperadamente hacia la luz que la guiaba al final de aquel túnel fantasmagórico, una puerta a la claridad que parecía alejarse de ella cuanto mayor era su esfuerzo por alcanzarla.

Un estruendo entre la maleza inundó el bosque. La sombra estaba atravesando la espesura, destrozando cuanto se oponía a su paso, un taladro mortífero esculpiendo una senda hacia ella. Un grito se ahogó en la garganta de la muchacha. Las ramas y la maleza habían abierto decenas de cortes en sus manos, sus brazos y su rostro. La fatiga le golpeaba el alma como un mazo que nublaba sus sentidos, y le susurraba interiormente que se rindiese al cansancio, que se tendiese a esperar... Pero tenía que seguir. Tenía que escapar de aquel lugar. Unos metros más y alcanzaría la carretera que conducía al pueblo. Allí encontraría algún coche, alguien que la recogería y la ayudaría. Su salvación estaba a tan sólo unos segundos, más allá del límite del bosque.

Las luces lejanas de un coche bordeando la Playa del Inglés barrieron las tinieblas de la espesura. Hannah se incorporó y lanzó un grito de socorro. A su espalda, un torbellino pareció atravesar la maleza y ascender entre las ramas de los árboles. Hannah alzó la mirada hacia la cúpula de ramas que velaban el rostro de la luna. Lentamente, la sombra se desplegó. Ella sólo dejó escapar un último gemido. Filtrándose como lluvia de alquitrán, la sombra se abatía sobre Hannah desde las alturas. La muchacha cerró los ojos y conjuró el rostro de su madre, sonriente y parlanchina.

Poco después, sintió el frío aliento de la sombra sobre su rostro.

5. UN CASTILLO ENTRE LAS BRUMAS

El velero de Ismael afloró puntualmente entre el velo de calima que acariciaba la superficie de la bahía. Irene y su madre, tranquilamente sentadas en el porche, degustando una taza de café con leche, intercambiaron una mirada.

—No hace falta que te diga... —empezó Simone.

—No hace falta que lo digas —respondió Irene.

—¿Cuándo fue la última vez que tú y yo hablamos de los hombres? —preguntó su madre.

—Cuando cumplí los siete años y nuestro vecino Claude me convenció para que le diese mi falda a cambio de sus pantalones.

—Menuda pieza.

—Tenía sólo cinco años, mamá.

—Si son así a los cinco, imagínate a los quince.

—Dieciséis.

Simone suspiró. Dieciséis años, Dios mío. Su hija planeaba fugarse con un viejo lobo de mar.

—Entonces estamos hablando de un adulto.

—Sólo es un año y pico mayor que yo. ¿Dónde me deja eso a mí?

—Tú eres una cría.

Irene sonrió pacientemente a su madre. Simone Sauvelle no tenía futuro como sargento.

—Tranquila, mamá. Sé lo que hago.

—Eso es lo que me da miedo.

El velero cruzó la pequeña bocana de la cala. Ismael lanzó un saludo desde el bote. Simone observaba al muchacho con una ceja alzada en señal de alerta.

—¿Por qué no sube y me lo presentas?

—Mamá...

Simone asintió. De todos modos, no albergaba esperanzas de que semejante ardid diese fruto.

—¿Hay algo que tenga que decirte? —ofreció Simone, en franca retirada.

Irene le propinó un beso en la mejilla.

—Deséame un buen día.

Sin esperar respuesta, Irene corrió hasta el embarcadero. Simone contempló cómo su hija tomaba la mano de aquel extraño (que, para sus suspicaces ojos, de muchacho tenía poco) y saltaba a bordo de su velero. Cuando Irene se volvió a saludarla, su madre forzó una sonrisa y devolvió el saludo. Los vio partir rumbo a la bahía bajo un sol resplandeciente y tranquilizador. Sobre la baranda del porche, una gaviota, tal vez otra madre en crisis, la observaba con resignación.

—No es justo —le dijo a la gaviota—. Cuando nacen, nadie te explica que acabarán haciendo lo mismo que tú a su edad.

El ave, ajena a tales consideraciones, siguió el ejemplo de Irene y echó a volar. Simone sonrió ante su propia ingenuidad y se dispuso a volver a Cravenmoore. El trabajo todo lo cura, se dijo.

En algún momento de la travesía, la orilla lejana se transformó en apenas una línea blanca tendida entre la tierra y el cielo. El viento del este impulsaba las velas del *Kyaneos* y la proa del velero se abría camino sobre un manto cristalino de reflejos esmeraldas a través del cual podía entreverse el fondo. Irene, cuya única experiencia previa a bordo de un barco había sido la breve travesía de días atrás, contemplaba boquiabierta la hipnótica belleza de la bahía desde aquella nueva perspectiva. La Casa del Cabo se había reducido a una muesca blanca entre las rocas, y las fachadas de colores vivos del pueblo parpadeaban entre los reflejos que ascendían del mar. A lo lejos, la cola de una tormenta cabalgaba hacia el horizonte. Irene cerró los ojos y escuchó el sonido del mar a su alrededor. Cuando los abrió de nuevo, todo seguía allí. Era real.

Una vez encauzado el rumbo, poco más le quedaba a Ismael que contemplar a Irene, que parecía estar bajo los efectos de un encantamiento marino. Con metodología científica, inició su observación por sus pálidos tobillos, ascendiendo lenta y concienzudamente hasta detenerse en el punto en que la falda velaba con inusitada impertinencia la mitad superior de los muslos de la muchacha. Procedió entonces a evaluar la afortunada distribución de su esbelto torso. Este proceso se prolongó por un espacio indefinido de tiempo hasta que, inesperadamente, sus ojos se posaron sobre los de Irene e Ismael advirtió que su inspección no había pasado desapercibida.

—¿En qué estás pensando? —preguntó ella.

—En el viento —mintió impecablemente Ismael—. Está cambiando y se desplaza hacia el sur. Suele ocurrir cuando hay tormenta. He pensado que te gustaría rodear el cabo primero. La vista es espectacular.

—¿Qué vista? —preguntó inocentemente Irene.

Esta vez no había duda, pensó Ismael; la muchacha le estaba tomando el pelo. Haciendo caso omiso de las ironías de su pasajera, Ismael llevó el velero hasta el vértice de la corriente que bordeaba el arrecife a una milla del cabo. Tan pronto rebasaron la frontera, sus ojos pudieron contemplar la inmensidad de la gran playa desierta y salvaje que se extendía hasta las neblinas que envolvían el monte Saint Michel, un castillo que se alzaba entre la bruma.

—Ésa es la Bahía Negra —explicó Ismael—. La llaman así porque sus aguas son mucho más profundas que en Bahía Azul, que es básicamente un banco de arena de apenas siete u ocho metros de profundidad. Un varadero.

A Irene toda aquella terminología marina le sonaba a mandarín, pero la rara belleza que desprendía aquel paraje le erizaba el vello de la nuca. Su mirada reparó en lo que parecía una oquedad en la roca, unas fauces abiertas al mar.

—Ésa es la laguna —dijo Ismael—. Es como un óvalo cerrado a la corriente y conectado al mar por una estrecha abertura. Al otro lado está la Cueva de los Murciélagos. Es ese túnel que se adentra en la roca, ¿ves? Al parecer, en 1746 una tormenta empujó un galeón pirata hacia ella. Los restos del barco, y de los piratas, siguen allí.

Irene le dedicó una mirada escéptica. Ismael podía ser un buen capitán, pero en lo relativo a mentir era un simple grumete.

—Es la verdad —matizó Ismael—. Yo voy a bucear a veces. La cueva se adentra en la roca y no tiene fin.

—¿Me llevarás allí? —preguntó Irene, fingiendo creer la absurda historia del corsario fantasma.

Ismael se sonrojó levemente. Aquello sonaba a continuidad. A compromiso. En una palabra, a peligro.

—Hay murciélagos. De ahí el nombre... —advirtió el chico, incapaz de encontrar un argumento más disuasorio.

—Me encantan los murciélagos. Ratitas voladoras —señaló ella, empeñada en seguir tomándole el pelo.

—Cuando quieras —dijo Ismael, bajando las defensas.

Irene le sonrió cálidamente. Aquella sonrisa desconcertaba totalmente a Ismael. Por unos segundos no recordaba si el viento soplaba del norte o si la quilla era una especialidad de repostería. Y lo peor era que la muchacha parecía advertirlo. Tiempo para un cambio de rumbo. En un golpe de timón, Ismael viró prácticamente en redondo al tiempo que volteaba la vela mayor, escorando el velero hasta que Irene sintió la superficie del mar acariciando su piel. Una lengua de frío. La muchacha gritó entre risas. Ismael le sonrió. Todavía no sabía muy bien qué era lo que había visto en ella, pero estaba seguro de una cosa: no podía quitarle los ojos de encima.

—Rumbo al faro —anunció.

Segundos más tarde, cabalgando sobre la corriente y con la mano invisible del viento a sus espaldas, el *Kyaneos* se deslizó como una flecha sobre la cresta del arrecife. Ismael sintió cómo Irene aferraba su mano. El velero atronaba como si apenas tocase el agua. Una estela de espuma blanca dibujaba guirnaldas a su paso. Irene miró a Ismael y advirtió que él la contemplaba a su vez. Por un instante, sus ojos se perdieron en los de ella e Irene sintió que el muchacho le apretaba suavemente la mano. El mundo nunca había estado tan lejos.

A media mañana de aquel día, Simone Sauvelle cruzó las puertas de la biblioteca personal de Lazarus Jann, que ocupaba una inmensa sala ovalada en el corazón de Cravenmoore. Un universo infinito de libros ascendía en una espiral babilónica hacia una claraboya de cristal tintado. Miles de mundos desconocidos y misteriosos convergían en aquella infinita catedral de libros. Por unos segundos, Simone contempló boquiabierta la visión, su mirada atrapada en la neblina evanescente que danzaba en ascenso hacia la bóveda. Tardó casi dos minutos en advertir que no estaba sola allí.

Una figura pulcramente trajeada ocupaba un escritorio bajo un rayo de luz que caía en vertical desde la claraboya. Al oír sus pasos, Lazarus se volvió y, cerrando el libro que estaba consultando, un viejo tomo de aspecto centenario encuadernado en piel negra, le sonrió amablemente. Una sonrisa cálida y contagiosa.

—Ah, madame Sauvelle. Bienvenida a mi pequeño refugio —dijo, incorporándose.

—No deseaba interrumpirlo...

—Al contrario, me alegro de que lo haya hecho —dijo Lazarus—. Quería hablar con usted acerca de un pedido de libros que deseo hacer a la firma de Arthur Francher...

—¿Arthur Francher, en Londres?

El rostro de Lazarus se iluminó.

—¿La conoce?

—Mi esposo solía comprar libros allí en sus viajes. Burlington Arcade.

—Sabía que no podía haber escogido persona más idónea para este puesto —dijo Lazarus, sonrojando a Simone.

»¿Qué tal si discutimos esto en torno a una taza de café? —invitó.

Simone asintió tímidamente. Lazarus sonrió de nuevo y devolvió el grueso tomo que sostenía en las manos a su lugar, entre cientos de otros volúmenes semejantes. Simone lo observó mientras lo hacía y sus ojos no pudieron dejar de advertir el título que podía leerse labrado a mano sobre el lomo. Una sola palabra, desconocida e inidentificable:

Poco antes del mediodía, Irene vislumbró el islote del faro a proa. Ismael decidió rodearlo para acometer la maniobra de aproximación y atracar en una pequeña ensenada que albergaba el islote, rocoso y arisco. Para entonces, Irene, gracias a las explicaciones de Ismael, ya estaba más versada en las artes navegatorias y en la física elemental del viento. De este modo, siguiendo sus instrucciones, ambos lograron capear el empuje de la corriente y deslizarse entre el pasillo de acantilados que conducía al viejo embarcadero del faro.

El islote era apenas un pedazo de roca desolada que emergía en la bahía. Una considerable colonia de gaviotas anidaba allí. Algunas de ellas observaban a los intrusos con cierta curiosidad. El resto emprendió el vuelo. A su paso, Irene pudo ver antiguas casetas de madera carcomidas por décadas de temporales y abandono.

El faro en sí era una esbelta torre, coronada por una linterna de prismas, que se erguía sobre una pequeña casa de apenas una planta, la vieja vivienda del farero.

—Aparte de mí, las gaviotas y algún que otro cangrejo, nadie ha venido aquí en años —dijo Ismael.

—Sin contar al fantasma del buque pirata —bromeó Irene.

El muchacho condujo el velero hasta el embarcadero y saltó a tierra para asegurar el cabo de proa. Irene siguió su ejemplo. Tan pronto el *Kyaneos* estuvo convenientemente amarrado, Ismael tomó un cesto con provisiones que su tía le había dejado preparado, bajo la convicción de que no había modo de abordar a una señorita con el estómago vacío y que había que atender a los instintos por orden de prioridad.

—Ven. Si te gustan las historias de fantasmas, esto te va a interesar...

Ismael abrió la puerta de la casa del faro e indicó a Irene que lo precediese. La muchacha se adentró en la vieja vivienda y sintió como si acabase de dar un paso de dos décadas hacia el pasado. Todo seguía intacto, bajo una capa de niebla formada por la humedad de años y años. Decenas de libros, objetos y muebles permanecían intactos, como si un fantasma se hubiese llevado al farero de madrugada. Irene miró a Ismael, fascinada.

—Espera a ver el faro —dijo él.

El muchacho la tomó de la mano y la condujo hacia la escalera que ascendía en espiral hasta la torre del faro. Irene se sentía como una intrusa al invadir aquel lugar suspendido en el tiempo y, a la vez, como una aventurera a punto de desvelar un extraño misterio.

—¿Qué pasó con el farero?

Ismael se tomó su tiempo para responder.

—Una noche cogió su bote y dejó el islote. No se molestó ni en recoger sus cosas.

—¿Por qué haría una cosa así?

—Nunca lo dijo —contestó Ismael.

—¿Por qué crees tú que lo hizo?

—Por miedo.

Irene tragó saliva y miró por encima de su hombro, esperando de un momento a otro encontrarse con el espectro de aquella mujer ahogada ascendiendo como un demonio de luz por la escalera de caracol, con las garras extendidas hacia ella, el rostro blanco como porcelana y dos círculos negros en torno a sus ojos encendidos.

—No hay nadie aquí, Irene. Sólo tú y yo —dijo Ismael.

La muchacha asintió sin mucho convencimiento.

—Sólo gaviotas y cangrejos, ¿eh?

—Exacto.

La escalera desembocaba en la plataforma del faro, una atalaya sobre el islote desde la que podía contemplarse toda Bahía Azul. Ambos salieron al exterior. La brisa fresca y la luz resplandeciente desvanecían cuantos ecos fantasmales evocaba el interior del faro. Irene respiró profundamente y se dejó embrujar por la visión que sólo podía contemplarse desde aquel lugar.

—Gracias por traerme aquí —murmuró.

Ismael asintió, desviando nerviosamente la mirada.

—¿Te apetece comer algo? Me muero de hambre —anunció.

De esta guisa, ambos se sentaron al extremo de la plataforma del faro y, con las piernas colgando en el vacío, procedieron a dar buena cuenta de los manjares que ocultaba la cesta. Ninguno de ellos tenía realmente mucho apetito, pero comer mantenía las manos y la mente ocupadas.

A lo lejos, Bahía Azul dormía bajo el sol de la tarde, ajena a cuanto sucedía en aquel islote apartado del mundo.

Tres tazas de café y una eternidad más tarde, Simone se encontraba todavía en compañía de Lazarus, ignorando el paso del tiempo. Lo que había empezado como una simple charla amistosa se había transformado en una larga y profunda conversación acerca de libros, viajes y antiguos recuerdos. Tras apenas unas horas, tenía la sensación de conocer a Lazarus de toda la vida. Por primera vez en meses se descubrió a sí misma desenterrando dolorosos recuerdos de los últimos días de la vida de Armand y experimentando una grata sensación de alivio al hacerlo. Lazarus escuchaba con atención y respetuoso silencio. Sabía cuándo desviar la conversación o cuándo dejar fluir los recuerdos libremente.

Le costaba pensar en Lazarus como en su patrón. A sus ojos, el fabricante de juguetes se parecía más a un amigo, un buen amigo. A medida que avanzaba la tarde, Simone comprendió, entre el remordimiento y una vergüenza casi infantil, que en otras circunstancias, en otra vida, aquella rara comunión entre ambos tal vez podría haber sido la semilla de algo más. La sombra de su viudedad y el recuerdo flotaban en su interior como el rastro de un temporal; del mismo modo en que la presencia invisible de la esposa enferma de Lazarus mojaba la atmósfera de Cravenmoore. Testigos invisibles en la oscuridad.

Le bastaron unas horas de simple conversación para leer en la mirada del fabricante de juguetes que idénticos pensamientos cruzaban su mente. Pero también leyó en ellos que el compromiso con su esposa sería eterno y que el futuro apenas deparaba para ambos más que la perspectiva de una simple amistad. Una profunda amistad. Un puente invisible se alzó entre dos mundos que se sabían separados por océanos de recuerdos.

Una luz áurea que anunciaba el crepúsculo inundó el estudio de Lazarus y tendió una red de reflejos dorados entre ellos. Lazarus y Simone se observaron en silencio.

—¿Puedo hacerle una pregunta personal, Lazarus?

—Por supuesto.

—¿Por qué razón se convirtió en un fabricante de juguetes? Mi difunto esposo era ingeniero, y de cierto talento. Pero su trabajo evidencia un talento revolucionario. Y no exagero; usted lo sabe mejor que yo. ¿Por qué juguetes?

Lazarus sonrió en silencio.

—No tiene por qué contestarme —añadió Simone.

Él se incorporó y caminó lentamente hasta el umbral de la ventana. La luz de oro tiñó su silueta.

—Es una larga historia —empezó—. Cuando apenas era un niño, mi familia vivía en el antiguo distrito de Les Gobelins, en París. Probablemente usted conoce el área, un barrio pobre y plagado de viejos edificios oscuros e insalubres. Una ciudadela fantasmal y gris, de calles angostas y miserables. En aquellos días, si cabe, la situación estaba incluso mucho más deteriorada de lo que usted pueda recordar. Nosotros ocupábamos un diminuto piso en un viejo inmueble de la rue des Gobelins. Parte de la fachada estaba apuntalada ante la amenaza de desprendimientos, pero ninguna de las familias que lo ocupaban estaba en condiciones de mudarse a otra zona más deseable del barrio. Cómo conseguíamos meternos allí mis otros tres hermanos y yo, mis padres y el tío Luc aún me parece un misterio. Pero me estoy desviando del tema...

»Yo era un muchacho solitario. Siempre lo fui. La mayoría de los chicos de la calle parecían interesados en cosas que a mí me aburrían y, en cambio, las cosas que a mí me interesaban no despertaban el interés de nadie a quien conociese. Yo había aprendido a leer: un milagro; y la mayoría de mis amigos eran libros. Esto hubiese constituido motivo de preocupación para mi madre de no ser porque había otros problemas más acuciantes en casa. Mi madre siempre creyó que la idea de una infancia saludable era la de corretear por las calles aprendiendo a imitar los usos y juicios de cuantos nos rodeaban.

»Mi padre se limitaba a esperar que mis hermanos y yo cumpliésemos la edad suficiente para que pudiésemos aportar un sueldo a la familia.

»Otros no eran tan afortunados. En nuestra escalera vivía un muchacho de mi edad llamado Jean Neville. Jean y su madre, viuda, estaban recluidos en un mínimo apartamento en la planta baja, junto al vestíbulo. El padre del muchacho había muerto años atrás a consecuencia de una enfermedad química contraída en la fábrica de azulejos donde había trabajado toda la vida. Algo común, al parecer. Supe todo esto porque, con el tiempo, yo fui el único amigo que el pequeño Jean tuvo en el barrio. Su madre, Anne, no lo dejaba salir del edificio o del patio interior. Su casa era su cárcel.

»Ocho años atrás, Anne Neville había dado a luz dos niños mellizos en el viejo hospital de Saint Christian, en Montparnasse. Jean y Joseph. Joseph nació muerto. Durante los restantes ocho años de su vida, Jean aprendió a crecer en la oscuridad de la culpa por haber matado a su hermano al nacer. O eso creía. Anne se encargó de recordarle cada uno de los días de su existencia que su hermano había nacido sin vida por su culpa; que, si no fuese por él, un muchacho maravilloso ocuparía ahora su lugar. Nada de cuanto hacía o decía conseguía ganar el afecto de su madre.

»Anne Neville, por supuesto, dispensaba a su hijo las muestras de cariño habituales en público. Pero en la soledad de aquel apartamento, la realidad era otra. Anne se lo recordaba día a día: Jean era un vago. Un holgazán. Sus resultados en la escuela eran lamentables. Sus cualidades, más que dudosas. Sus movimientos, torpes. Su existencia, en resumen, una maldición. Joseph, por su parte, hubiese sido un muchacho adorable, estudioso, cariñoso..., todo aquello que él nunca podría ser.

»El pequeño Jean no tardó en comprender que era él quien debería haber muerto en aquella tenebrosa habitación de hospital ocho años atrás. Estaba ocupando el lugar de otro... Todos los juguetes que Anne había estado guardando durante años para su futuro hijo fueron a parar al fuego de las calderas a la semana siguiente de volver del hospital. Jean jamás tuvo un juguete. Estaban prohibidos para él. No los merecía.

»Una noche en que el muchacho se despertó gritando en sueños, su madre acudió a su lecho y le preguntó qué le sucedía. Jean, aterrorizado, confesó que había soñado que una sombra, un espíritu maligno lo perseguía a lo largo de un túnel interminable. La respuesta de Anne fue clara. Aquel signo era una señal. La sombra con la que había estado soñando era el reflejo de su hermano muerto, que clamaba venganza. Debía hacer un nuevo esfuerzo por ser un mejor hijo, por obedecer en todo a su madre, por no cuestionar ni una sola de sus palabras o acciones. De lo contrario, la sombra cobraría vida y acudiría para llevarlo a los infiernos. Con estas palabras, Anne cogió a su hijo y lo llevó al sótano de la casa, donde lo dejó a solas en la oscuridad durante doce horas para que meditase sobre lo que le había contado. Ése fue el primero de sus encierros.

»Un año después, cuando una tarde el pequeño Jean me contó todo esto, una sensación de horror me invadió. Deseaba ayudar al muchacho, reconfortarlo y compensar en algo la miseria en la que vivía. El único modo en que se me ocurrió hacerlo fue reunir las monedas que había guardado durante meses en mi hucha y acudir a la tienda de juguetes de monsieur Giradot. Mi presupuesto no daba para mucho, y sólo conseguí un viejo títere, un ángel de cartón que podía ser manipulado con unos hilos. Lo envolví en papel brillante y, al día siguiente, esperé a que Anne Neville hubiese salido a hacer sus compras. Llamé a la puerta de la casa y dije que era yo, Lazarus. Jean abrió y le entregué el paquete. Era un obsequio, dije, y me marché.

»No volví a verlo en tres semanas. Supuse que Jean estaba disfrutando de mi regalo, ya que yo no podría disfrutar de mis ahorros en mucho tiempo. Supe más adelante que aquel ángel de trapo y cartón apenas sobrevivió un día. Anne lo encontró y lo quemó. Cuando le preguntó de dónde lo había sacado, Jean, que no quería implicarme, dijo que lo había hecho con sus propias manos.

»Y cierto día, el castigo fue mucho más terrible. Anne, fuera de sí, llevó a su hijo al sótano y lo encerró allí, amenazándolo con que esta vez la sombra iría a por él en la oscuridad y se lo llevaría para siempre.

»Jean Neville pasó allí una semana entera. Su madre se había complicado en un altercado en el mercado de Les Halles y la policía la encerró, junto con otros tantos, en una celda comunal. Cuando la soltaron, estuvo vagando por las calles durante días.

»A su regreso, encontró la casa vacía y la puerta del sótano atrancada. Unos vecinos la ayudaron a derribarla. El sótano estaba desierto. No había señal de Jean por ninguna parte...

Lazarus hizo una pausa. Simone guardó silencio, esperando a que el fabricante de juguetes finalizase su relato.

—Nadie volvió a ver a Jean Neville en el barrio. La mayoría de quienes tuvieron conocimiento de la historia supusieron que el muchacho había huido por alguna trampilla del sótano y había puesto tanta distancia entre él y su madre como había podido. Supongo que eso es lo que sucedió, aunque si le hubiese preguntado usted a su madre, que pasó semanas, meses, llorando desconsoladamente la pérdida del muchacho, estoy seguro de que le hubiese dicho que la sombra se lo había llevado... Le he dicho antes que yo fui probablemente el único amigo de Jean Neville. Sería más justo decir que fue al revés. Él fue mi único amigo. Años más tarde, me prometí que, si estaba en mi mano, nunca jamás ningún niño quedaría privado de un juguete. Ningún niño volvería a vivir la pesadilla que atormentó la infancia de mi amigo Jean. Todavía hoy me pregunto dónde estará, si vive todavía. Supongo que le parecerá una explicación un tanto extraña...

—En absoluto —respondió ella, su rostro camuflado en las sombras.

Simone salió a la luz y esbozó una amplia sonrisa para recibir a Lazarus.

—Se hace tarde —dijo suavemente el fabricante de juguetes—. Debo ir a ver a mi esposa.

Simone asintió.

—Gracias por su compañía, madame Sauvelle —dijo Lazarus, retirándose de la habitación en silencio.

Ella lo observó partir y respiró profundamente. La soledad trazaba extraños laberintos.

El sol empezaba a declinar sobre la bahía y las lentes del faro destilaban destellos de ámbar y escarlata sobre el mar. La brisa era ahora más fresca y el cielo se teñía de un azul claro, surcado por algunas nubes que viajaban perdidas como zepelines de algodón blanco. Irene yacía ligeramente apoyada contra el hombro de Ismael, en silencio.

El muchacho dejó que uno de sus brazos la rodease lentamente. Ella alzó los ojos. Sus labios estaban entreabiertos y temblaban imperceptiblemente. Ismael sintió un cosquilleo en el estómago y oyó un extraño repiqueteo en sus oídos. Era su propio corazón, martilleando a toda velocidad. Paulatinamente, los labios de ambos se aproximaron con timidez. Irene cerró los ojos. Ahora o nunca, parecía susurrar una voz dentro de Ismael. El muchacho optó por la opción ahora y dejó que su boca acariciase la de Irene. Los siguientes diez segundos duraron diez años.

Más tarde, cuando ambos sintieron que ya no existía una frontera entre ellos, que cada mirada y cada gesto era una palabra de un lenguaje que sólo ellos podían comprender, Irene e Ismael permanecieron abrazados en silencio en lo alto del faro. Si hubiese dependido de ellos, habrían seguido allí hasta el día del Juicio.

—¿Dónde te gustaría estar dentro de diez años? —preguntó Irene de improviso.

Ismael se paró a meditar la respuesta. No era fácil.

—Menuda pregunta. No lo sé.

—¿Qué es lo que te gustaría hacer? ¿Seguir los pasos de tu tío en el barco?

—No creo que fuese una buena idea.

—¿Qué, entonces? —insistió ella.

—No sé, supongo que es una tontería...

—¿Qué es una tontería?

Ismael se sumió en un largo silencio. Irene esperó pacientemente.

—Seriales para la radio. Me gustaría escribir seriales para la radio —afirmó Ismael finalmente.

Ya lo había soltado.

Irene le sonrió. Otra vez aquella sonrisa indefinible y misteriosa.

—¿Qué clase de seriales?

Ismael la observó cuidadosamente. No había hablado de ese tema con nadie y no se sentía en terreno seguro al hacerlo. Tal vez lo mejor era plegar velas y volver a puerto.

—De misterio —contestó finalmente, dudando.

—Pensaba que no creías en los misterios.

—No hace falta creérselos para escribir sobre ellos —replicó Ismael—. Hace tiempo que colecciono recortes sobre un individuo que hace seriales de radio. Se llama Orson Welles. Tal vez podría intentar trabajar con él...

—¿Orson Welles? No he oído hablar de él, pero supongo que no será una persona accesible. ¿Tienes alguna idea ya?

Ismael asintió vagamente.

—Tienes que prometerme que no se lo contarás a nadie.

La muchacha alzó la mano solemnemente. La actitud de Ismael le parecía infantil, pero el asunto la intrigaba.

—Sígueme.

Ismael la condujo de vuelta a la vivienda del farero. Una vez allí, el chico se acercó a un cofre que reposaba en uno de los rincones y lo abrió. Sus ojos brillaban de excitación.

—La primera vez que vine aquí estuve buceando y descubrí los restos del bote en que se supone que se ahogó aquella mujer hace veinte años —dijo en tono enigmático—. ¿Te acuerdas de la historia que te conté?

—Las luces de septiembre. La dama misteriosa desaparecida en la tormenta... —recitó Irene.

—Exacto. ¿Adivinas qué encontré entre los restos del bote?

—¿Qué?

Ismael introdujo las manos en el cofre y extrajo un pequeño libro encuadernado en piel, cobijado por una especie de caja metálica, apenas del tamaño de una pitillera.

—El agua ha borrado alguna de las páginas, pero todavía hay fragmentos que pueden leerse.

—¿Un libro? —preguntó Irene, intrigada.

—No es un libro cualquiera —aclaró él—. Es un diario. Su diario.

El *Kyaneos* zarpó de vuelta a la Casa del Cabo poco antes del crepúsculo. Un campo de estrellas se extendía sobre el manto azul que cubría la bahía y la esfera sangrante del sol se sumergía lentamente en el horizonte, como un disco de hierro candente. Irene observaba en silencio a Ismael mientras pilotaba el velero. El muchacho le sonrió y siguió con la mirada en las velas, atento a la dirección del viento que se despertaba a poniente.

Antes que a él, Irene había besado a dos chicos. El primero, el hermano de una de sus amigas en el colegio, fue más un experimento que otra cosa. Quería saber qué se sentía al hacer aquello. No le había parecido gran cosa. El segundo, Gerard, estaba más asustado que ella, y la experiencia no había disipado sus sospechas acerca del tema. Besar a Ismael había sido diferente. Había sentido una especie de corriente eléctrica recorriendo su cuerpo al rozar sus labios. Su tacto era diferente. Su olor era diferente. Todo en él era diferente.

—¿En qué estás pensando? —le preguntó esta vez a ella Ismael, intrigado ante su semblante meditabundo.

Irene compuso un gesto enigmático, alzando una ceja.

Él se encogió de hombros y siguió pilotando el velero rumbo al cabo. Una bandada de aves los escoltó hasta el embarcadero entre los acantilados. Las luces de la casa dibujaban estelas danzantes sobre la pequeña cala. A lo lejos, los reflejos del pueblo trazaban una senda de estrellas sobre el mar.

—Ya es de noche —observó Irene con cierta preocupación—. No te pasará nada, ¿verdad?

Ismael sonrió.

—El *Kyaneos* se sabe el camino de memoria. No me pasará nada.

El velero se posó suavemente contra el embarcadero. Los graznidos de las aves en los acantilados formaban un eco lejano. Una franja de azul oscuro coronaba ahora la línea incandescente del crepúsculo sobre el horizonte, y la luna sonreía entre las nubes.

—Bueno..., se hace tarde —empezó Irene.

—Sí...

La chica saltó a tierra.

—Me llevo el diario. Prometo cuidarlo.

Ismael asintió a su vez. Irene dejó escapar una pequeña risa nerviosa.

—Buenas noches.

Ambos se miraron en la penumbra.

—Buenas noches, Irene.

Ismael soltó las amarras.

—Había pensado ir a la laguna mañana. Tal vez te gustaría venir...

Ella asintió. La corriente se llevaba el velero.

—Te recogeré aquí...

La silueta del *Kyaneos* se desvaneció en la oscuridad. Irene permaneció allí, viéndolo partir, hasta que la negrura de la noche lo hubo engullido completamente. Luego, dos palmos por encima del suelo, se apresuró hacia la Casa del Cabo. Su madre esperaba en el porche, sentada en la oscuridad. No hacía falta un diploma en ingeniería óptica para adivinar que Simone había visto, y oído, el episodio completo en el embarcadero.

—¿Qué tal tu día? —preguntó.

Irene tragó saliva. Su madre sonrió pícaramente.

—Puedes contármelo.

Irene se sentó junto a su madre, dejándose abrazar por ella.

—¿Y el tuyo? —preguntó la muchacha—. ¿Qué tal te ha ido a ti?

Simone dejó escapar un suspiro, recordando la tarde en compañía de Lazarus.

Abrazó en silencio a su hija y sonrió para sí.

—Un día extraño, Irene. Supongo que me hago mayor.

—Qué tontería.

La joven miró en los ojos de su madre.

—¿Algo va mal, mamá?

Simone sonrió débilmente y negó en silencio.

—Echo de menos a tu padre —respondió finalmente, mientras una lágrima se deslizaba sobre su mejilla hasta sus labios.

—Papá se fue —dijo Irene—. Tienes que dejarlo ir.

—No sé si quiero dejarlo ir.

Irene la estrechó en sus brazos y oyó cómo Simone derramaba sus lágrimas en la oscuridad.

6. EL DIARIO DE ALMA MALTISSE

El día siguiente amaneció envuelto en un manto de bruma. Las primeras luces del alba sorprendieron a Irene todavía enfrascada en la lectura del diario que Ismael le había confiado. Lo que había empezado como simple curiosidad horas atrás había ido creciendo a lo largo de la noche, hasta transformarse en una obsesión. Desde la primera línea empañada por el tiempo, la caligrafía de aquella misteriosa dama desaparecida en las aguas de la bahía se había revelado como un jeroglífico hipnótico, un enigma sin resolución que había alejado de la muchacha cualquier atisbo de sueño.

...Hoy he visto por vez primera el rostro de la sombra. Me observaba en silencio desde la oscuridad, acechante e inmóvil. Sé perfectamente lo que había en aquellos ojos, aquella fuerza que la mante-

nía viva: odio. He podido sentir su presencia y he sabido que, tarde o temprano, nuestros días en este lugar se convertirán en una pesadilla. Es ahora cuando me doy cuenta de toda la ayuda que él necesita y de que, pase lo que pase, no puedo dejarlo solo...

Página tras página, la voz secreta de aquella mujer parecía hablarle en susurros, entregándole las confidencias y los secretos que habían permanecido sumergidos y olvidados durante años. Seis horas después de haber iniciado la lectura del diario, la dama desconocida se había convertido en una especie de amiga invisible, de voz varada en la niebla que, a falta de otro consuelo, la había escogido a ella para depositar sus secretos, sus memorias, y el enigma de aquella noche que habría de llevarla a la muerte en las frías aguas del islote del faro, aquella noche de septiembre.

...Ha sucedido de nuevo. Esta vez han sido mis ropas. Esta mañana, al acudir a mi vestidor, he encontrado la puerta de mi armario abierta y todos mis vestidos, los vestidos que él me ha regalado durante años, hechos jirones, destrozados como si el filo de cien cuchillos los hubiese cercenado. Hace siete días fue mi anillo de compromiso. Lo encontré deformado y destrozado en el suelo. Otras joyas han de-

saparecido. Los espejos de mi habitación están rajados. Cada día su presencia es más fuerte y su rabia más palpable. Es sólo cuestión de tiempo que sus ataques dejen de concentrarse en mis pertenencias y lo hagan en mí. Es a mí a quien odia. Es a mí a quien quiere ver muerta. No hay sitio para ambas en este lugar...

El amanecer había tendido un tapiz de cobre sobre el mar cuando Irene desgranó la última página del diario. Por un instante pensó que jamás había sabido tantas cosas acerca de nadie. Nunca persona alguna, ni su propia madre, había revelado todos los secretos de su espíritu ante ella con la sinceridad con que aquel diario desnudaba los pensamientos de aquella mujer que, irónicamente, le era desconocida. Una mujer que había muerto años antes de que ella viese la luz.

...No tengo a nadie con quien hablar, nadie a quien confesar el horror que me invade el alma día tras día. A veces desearía volver atrás, rehacer mis pasos en el tiempo. Es entonces cuando más comprendo que mi miedo y mi tristeza no pueden compararse con los suyos, que él me necesita y que, sin mí, su luz se apagaría para siempre. Sólo pido a Dios que nos dé fuerzas para sobrevivir, para huir del alcance de la sombra que se cierne sobre nosotros.

Cada línea que escribo en este diario me parece la última.

Por algún motivo Irene descubrió que sentía ganas de llorar. En silencio, derramó sus lágrimas en recuerdo de aquella dama invisible cuyo diario había encendido una luz en su propio interior. Acerca de la identidad de su autora, cuanto el diario aclaraba era un par de palabras en el vértice de la primera hoja.

Alma Maltisse

Poco después, Irene contempló la vela del *Kyaneos* desgarrar la neblina rumbo a la Casa del Cabo. Cogió el diario y, casi de puntillas, se encaminó hacia su nueva cita con Ismael.

En tan sólo unos minutos, el barco se abrió camino entre la corriente que batía en el extremo del cabo y se adentró en la Bahía Negra. La luz de la mañana esculpía siluetas en las paredes de los acantilados que formaban buena parte de la costa de Normandía, muros de roca que se enfrentaban al océano. Los reflejos del sol sobre el agua dibujaban destellos cegadores de espuma y plata encendida. El viento del norte impulsaba el velero con fuerza, la quilla segando la superficie como una daga. Para Ismael, aquello era simple rutina; para Irene, las mil y una noches.

A los ojos de una marinera novata como ella, aquel desbordante espectáculo de luz y agua parecía llevar la promesa invisible de mil aventuras y otros tantos misterios que esperaban ser descubiertos bajo el manto del océano. Al timón, Ismael se mostraba inusualmente sonriente y encaminaba el velero rumbo a la laguna. Irene, víctima agradecida del embrujo del mar, siguió con su relato de cuanto había averiguado en su primera lectura del diario de Alma Maltisse.

—Evidentemente, lo escribía para sí misma —explicó la joven—. Es curioso que nunca mencione a nadie por su nombre. Es como un relato de gente invisible.

—Es impenetrable —apuntó Ismael, quien había dejado por imposible la lectura del diario tiempo atrás.

—En absoluto —objetó Irene—. Lo que ocurre es que para entenderlo hay que ser una mujer.

Los labios de Ismael parecieron a punto de disparar una réplica ante la aseveración de su copiloto, pero por algún motivo, sus pensamientos se batieron en retirada.

Al poco, el viento de popa los condujo hasta la boca de la laguna. Un estrecho paso entre las rocas esbozaba una bocana en un puerto natural. Las aguas de la laguna, de apenas tres o cuatro metros de profundidad, eran un jardín de esmeraldas transparentes, y el fondo arenoso parpadeaba como un velo de gasas blancas a sus pies. Irene contempló boquiabierta la magia que el arco de la laguna confinaba en su interior. Una bandada de peces danzaba bajo el casco del *Kyaneos*, igual que dardos de plata brillando intermitentemente.

—Es increíble —balbuceó Irene.

—Es la laguna —aclaró Ismael, más prosaico.

Después, mientras ella seguía bajo los efectos de una primera visita a aquel paraje, el chico aprovechó para arriar las velas y anclar el velero. El *Kyaneos* se meció lentamente, una hoja en la calma de un estanque.

—Bien. ¿Quieres ver esa cueva o no?

Por toda respuesta, Irene le ofreció una sonrisa desafiante y, sin apartar los ojos de los suyos, se despojó de su vestido lentamente. Las pupilas de Ismael se expandieron como platos. Su imaginación no había anticipado semejante espectáculo. Irene, pertrechada con un sucinto bañador, cuya brevedad habría hecho que su madre jamás lo hubiera considerado merecedor de dicho nombre, sonrió ante el semblante de Ismael. Tras aturdirlo un par de segundos con la visión, justo lo necesario para no dejarlo acostumbrarse a ella, saltó al agua y se sumergió bajo la lámina de reflejos ondulantes. Ismael tragó saliva. O él era muy lento o aquella muchacha era demasiado rápida para él. Sin pensarlo dos veces, saltó al agua tras ella. Necesitaba un baño.

Ismael e Irene nadaron hacia la boca de la Cueva de los Murciélagos. El túnel se adentraba en la tierra, como una catedral labrada en la roca. Una tenue corriente emanaba del interior y acariciaba la piel bajo el agua. El interior de la caverna marina se alzaba en forma de bóveda, coronada por cientos de largas astillas de roca que pendían en el vacío como lágrimas de hielo petrificado. Los reflejos del agua descubrían mil y un recovecos entre las rocas, y el fondo arenoso adquiría una fosforescencia fantasmal que tendía una alfombra de luz hacia el interior.

Irene se sumergió y abrió los ojos bajo el agua. Un mundo de reflejos evanescentes danzaba lentamente frente a ella, poblado por criaturas extrañas y fascinantes. Pequeños peces cuyas escamas cambiaban de color según la dirección en que reflejaban la luz. Plantas irisadas sobre la roca. Diminutos cangrejos correteando sobre las arenas submarinas. La muchacha permaneció contemplando la fauna que poblaba la caverna hasta que le faltó el aire.

—Si sigues haciendo eso, te saldrá cola de pez, como a las sirenas —dijo Ismael.

Ella le guiñó un ojo y lo besó bajo la tenue claridad de la caverna.

—Ya soy una sirena —murmuró, adentrándose en la Cueva de los Murciélagos.

Ismael intercambió una mirada con un estoico cangrejo que lo escrutaba acomodado sobre la pared de roca y que parecía tener una curiosidad antropológica por la escena. La mirada sabia del crustáceo no dejaba duda alguna. Le estaban tomando el pelo de nuevo.

Un día completo de ausencia, pensó Simone. Hannah llevaba horas sin aparecer y sin dar noticias. Simone se preguntó si se enfrentaba a un problema puramente disciplinario. Ojalá fuese así. Había dejado pasar la jornada dominical a la espera de tener noticias de la chica, pensando que habría tenido que ir a su casa. Una pequeña indisposición. Un compromiso imprevisto. Cualquier explicación le hubiese bastado. Tras horas de espera, decidió enfrentarse al dilema. Se disponía a tomar el teléfono para llamar a casa de la muchacha cuando una llamada entrante se le adelantó. La voz que sonó le resultaba desconocida y el modo en que su dueño se identificó hizo poco por tranquilizarla.

—Buenos días, madame Sauvelle. Mi nombre es Henri Faure. Soy el comisario jefe de la gendarmería de Bahía Azul —anunció, cada palabra más pesada que la anterior.

Un tenso silencio se apoderó de la línea.

—¿Madame? —inquirió el policía.

—Lo escucho.

—No me resulta fácil decirle esto...

Dorian había dado por concluida su jornada de mensajero por aquel día. Los encargos que Simone le había confiado ya estaban más que resueltos, y la perspectiva de una tarde libre se presentaba prometedora y refrescante. Cuando llegó a la Casa del Cabo, Simone todavía no había vuelto de Cravenmoore, y su hermana Irene debía de estar por allí, con aquella especie de novio que se había granjeado. Tras apurar un par de vasos de leche fresca uno tras otro, la extraña sensación de la casa vacía de mujeres se le antojó un tanto desconcertante. Uno llegaba a acostumbrarse tanto a ellas que, en su ausencia, el silencio se hacía vagamente inquietante.

Aprovechando que todavía quedaban unas horas de luz por delante, Dorian optó por explorar el bosque de Cravenmoore. En pleno día, tal y como había predicho Simone, las siluetas siniestras no eran más que árboles, arbustos y maleza. Con esto en su mente, el muchacho se encaminó hacia el corazón de aquel bosque denso y laberíntico que se extendía entre la Casa del Cabo y la mansión de Lazarus Jann.

Llevaba unos diez minutos sin rumbo concreto cuando advirtió por primera vez el rastro de unas huellas que se adentraban en la espesura desde los acantilados y que, inexplicablemente, desaparecían a la entrada de un claro. El muchacho se arrodilló y palpó las huellas, más propiamente marcas confusas, que horadaban el suelo del bosque. Quien fuera o lo que fuera que había dejado aquellas marcas tenía un peso considerable. Dorian estudió de nuevo el último tramo de huellas hasta el punto en que desaparecían. Si tenía que dar crédito a los indicios, quien fuera que las hubiera hecho había dejado de caminar en aquel punto y se había evaporado.

Alzó la mirada y observó la red de claros y sombras que se tejía en las copas de los árboles de Cravenmoore. Uno de los pájaros de Lazarus cruzó entre las ramas. El muchacho no pudo evitar sentir un escalofrío. ¿No había un solo animal vivo en aquel bosque? La única presencia tangible era la de aquellos seres mecánicos que aparecían y desaparecían en las sombras, sin que uno pudiese imaginar jamás de dónde venían o adónde se dirigían. Sus ojos siguieron examinando el entramado del bosque y advirtieron entonces una profunda muesca en un árbol cercano. Dorian se acercó hasta el tronco y examinó la marca. Algo había abierto una profunda herida sobre la madera. Laceraciones semejantes jalonaban el tronco hacia su cima. El chico tragó saliva y decidió salir de allí a escape.

Ismael guió a Irene hasta una pequeña roca plana que sobresalía un par de palmos en el centro de la cueva y ambos se tendieron encima a tomar un respiro. La luz que penetraba por la boca de la cueva reverberaba en el interior trazando una curiosa danza de sombras sobre la bóveda y las paredes de la gruta. El agua allí parecía más cálida que en mar abierto y emanaba una cierta cortina vaporosa.

—¿Hay más entradas a la cueva? —preguntó Irene.

—Una más, pero es peligrosa. El único modo seguro de entrar y salir es por mar, desde la laguna.

La muchacha contempló el espectáculo de luz evanescente que descubría las entrañas de la cueva. Aquel lugar destilaba una atmósfera envolvente e hipnótica. Por unos segundos, Irene creyó estar en el interior de una gran sala de un palacio tallado en el interior de la roca, un lugar legendario que sólo podía existir en sueños.

—Es... mágico —dijo.

Ismael asintió.

—A veces vengo aquí y me paso horas sentado en una de las rocas, viendo cómo la luz cambia de color bajo el agua. Es mi santuario particular...

—Lejos del mundo, ¿verdad?

—Tan lejos como puedas imaginar.

—No te gusta mucho la gente, ¿no?

—Depende de qué gente —respondió él con una sonrisa en los labios.

—¿Es eso un cumplido?

—A lo mejor.

El muchacho desvió la mirada e inspeccionó la boca de la cueva.

—Es mejor que nos vayamos ahora. La marea no tardará en subir.

—¿Y eso?

—Cuando sube la marea, las corrientes empujan hacia el interior de la cueva y la caverna se llena de agua hasta la cima. Es una trampa mortal. Puedes quedarte atrapado y morir ahogado como una rata.

De repente, la magia del lugar se tornó amenazadora. Irene imaginó la cueva llenándose de agua helada sin posibilidad de escapatoria.

—No hay prisa... —puntualizó Ismael.

Irene, sin pensarlo dos veces, nadó hacia la salida y no se detuvo hasta que el sol le sonrió de nuevo. Él la observó nadar a toda prisa y sonrió para sí. La chica tenía agallas.

La travesía de vuelta transcurrió en silencio. Las páginas del diario resonaban en la mente de Irene como un eco que se resistía a desaparecer. Un espeso banco de nubes había cubierto el cielo y el sol se había ocultado, confiriendo al mar un tono plomizo y metálico. El viento era más frío e Irene se enfundó de nuevo su vestido. Esta vez Ismael apenas la observó mientras se vestía, señal de que el muchacho andaba perdido en sus propios pensamientos, fueran cuales fuesen.

El *Kyaneos* dobló el cabo a media tarde y puso proa hacia la casa de los Sauvelle, mientras el islote del faro se sumergía en la neblina. Ismael guió el velero hasta el embarcadero y efectuó la maniobra de amarre con su habitual pericia, aunque se diría que su mente estaba a muchas millas de aquel lugar.

Cuando hubo llegado el momento de despedirse, Irene tomó la mano del muchacho.

—Gracias por llevarme a la cueva —dijo, saltando a tierra.

—Siempre me das las gracias y no sé por qué... Gracias a ti, por venir.

Irene ardía en deseos de preguntarle cuándo volverían a verse, pero una vez más su instinto le aconsejó guardar silencio. Ismael liberó el cabo de proa y el *Kyaneos* se alejó en la corriente.

Mientras contemplaba el velero marcharse, Irene se detuvo en la escalinata de piedra del acantilado. Una bandada de gaviotas lo escoltaba en su rumbo hacia las luces del muelle. Más allá, entre las nubes, la luna tendía un puente de plata sobre el mar, guiando el velero de vuelta al pueblo.

Irene recorrió el camino a través de la escalera de piedra luciendo una sonrisa en los labios que nadie podía ver. Demonios, cómo le gustaba aquel chico...

Nada más entrar en casa, Irene notó que algo andaba mal. Todo estaba demasiado ordenado, demasiado tranquilo, demasiado silencioso. Las luces del salón de la planta baja bañaban la penumbra azulada de aquella tarde de nubes. Dorian, sentado en una de las butacas, contemplaba las llamas del hogar en silencio. Simone, de espaldas a la puerta, observaba el mar desde el ventanal de la cocina, con una taza de café frío en la mano. El único sonido era el murmullo del viento acariciando las veletas del techo.

Dorian y su hermana intercambiaron una mirada. Irene se acercó hasta su madre y posó una mano sobre su hombro. Simone Sauvelle se volvió. Había lágrimas en sus ojos.

—¿Qué ha pasado, mamá?

Su madre la abrazó. Irene apretó las manos de su madre entre las suyas. Estaban frías. Temblaban.

—Es Hannah —murmuró Simone.

Un largo silencio. El viento arañó los postigos de la Casa del Cabo.

—Ha muerto —añadió.

Lentamente, como un castillo de naipes, el mundo se derrumbó alrededor de Irene.

7. UN CAMINO DE SOMBRAS

La carretera que corría junto a la Playa del Inglés reflejaba la tez del crepúsculo y tendía una serpentina escarlata hasta el pueblo. Irene, pedaleando en la bicicleta de su hermano, volvió la vista hacia la Casa del Cabo. Las palabras de Simone y el horror en sus ojos al ver a su hija abandonar la casa precipitadamente al crepúsculo todavía pesaban en ella, pero la imagen de Ismael navegando rumbo a la noticia de la muerte de Hannah ejercía más fuerza que cualquier remordimiento.

Simone le había explicado que, unas horas antes, dos excursionistas habían encontrado el cuerpo de Hannah cerca del bosque. Desde aquel momento, la noticia había despertado la desolación, la murmuración y el dolor entre quienes habían tenido la fortuna de tratar a la dicharachera muchacha.

Se sabía que su madre, Elisabet, había sufrido una crisis nerviosa al conocer los hechos y que permanecía bajo los efectos de sedantes administrados por el doctor Giraud. Pero poco más.

Los rumores acerca de una antigua cadena de crímenes que habían turbado la vida local años atrás habían vuelto a la superficie. Había quienes querían ver en la desgracia una nueva entrega en la macabra saga de asesinatos sin resolver que habían tenido lugar en el bosque de Cravenmoore durante la década de los años veinte.

Otros preferían esperar a conocer más detalles acerca de las circunstancias que habían rodeado la tragedia. El vendaval de murmuraciones, sin embargo, no arrojaba luz alguna respecto a la posible causa del fallecimiento. Los dos excursionistas que habían tropezado con el cuerpo llevaban horas prestando declaración en las dependencias de la gendarmería, y dos expertos forenses de La Rochelle —se decía— estaban en camino. A partir de ahí, la muerte de Hannah era un misterio.

Apresurándose tanto como pudo, Irene llegó al pueblo cuando el disco del sol ya se había sumergido totalmente en el horizonte. Las calles estaban desiertas y las pocas siluetas que las recorrían lo hacían en silencio, como sombras sin dueño. La muchacha dejó la bicicleta junto a un viejo farol que alumbraba el pie del callejón, donde se ubicaba el hogar de los tíos de Ismael. La casa era una construcción sencilla y sin pretensiones, un hogar de pescadores junto a la bahía. La última mano de pintura acusaba décadas, y la cálida luz de dos faroles de aceite desentrañaba los rasgos de una fachada labrada por el viento del mar y el salitre.

Irene, con el estómago encogido, se acercó al umbral de la casa, temerosa de llamar a la puerta. ¿Con qué derecho osaba turbar el dolor de la familia en un momento así? ¿En qué estaba pensando?

De pronto detuvo sus pasos, incapaz de avanzar ni de retroceder, varada entre la duda y la necesidad de ver a Ismael, de estar a su lado en un momento como aquél. En ese instante, la puerta de la casa se abrió, y la silueta oronda y severa del doctor Giraud, el galeno local, descendió calle abajo. Los ojos brillantes y escudados en lentes del médico advirtieron la presencia de Irene en la penumbra.

—Tú eres la hija de madame Sauvelle, ¿verdad?

Ella asintió.

—Si has venido a ver a Ismael, no está en la casa —explicó Giraud—. Cuando ha sabido lo de su prima, ha tomado su velero y ha partido.

El médico detectó que el rostro de la muchacha se tornaba blanco.

—Es un buen marinero. Volverá.

Irene caminó hasta la punta del muelle. La silueta solitaria del *Kyaneos* se recortaba sobre las brumas, iluminado por la luna. La muchacha se sentó sobre la cornisa del dique y contempló cómo el velero de Ismael ponía rumbo hacia el islote del faro. Nada ni nadie podían rescatarlo ahora de la soledad que había escogido. Irene sintió deseos de coger un bote y perseguir al chico hasta los confines de su mundo secreto, pero sabía que cualquier esfuerzo era inútil ya.

Sintiendo cómo el verdadero impacto de la noticia empezaba a abrirse camino en su propia mente, Irene advirtió que sus ojos se llenaban de lágrimas. Cuando el *Kyaneos* se hubo desvanecido en la oscuridad, tomó de nuevo la bicicleta y emprendió el camino de vuelta a casa.

Mientras recorría la carretera de la playa, podía imaginar a Ismael sentado en silencio en la torre del faro, a solas consigo mismo. Recordó las incontables ocasiones en que ella misma había hecho ese viaje hacia su propio interior, y se prometió que, pasara lo que pasase, no dejaría que el muchacho se extraviase en aquel camino de sombras.

Aquella noche la cena fue breve. Un ritual de silencios y miradas extraviadas hizo las veces de anfitrión, mientras Simone y sus dos hijos fingían tomar un bocado antes de retirarse a sus respectivas habitaciones. Al filo de las once, ni una alma recorría ya los pasillos, y tan sólo una lámpara permanecía encendida en toda la casa: la lamparilla de noche de Dorian.

Una brisa fría penetraba por la ventana abierta de su habitación. Dorian, tendido en su lecho, escuchaba las voces fantasmales del bosque con la mirada perdida en las tinieblas. Poco antes de la medianoche, el muchacho apagó la luz y se acercó hasta la ventana. Un mar oscuro de hojas se agitaba al viento en la espesura. Dorian clavó sus ojos en el remolino de sombras que danzaba en la espesura. Podía sentir aquella presencia merodeando en la oscuridad.

Más allá del bosque se distinguía la silueta sinuosa de Cravenmoore y un rectángulo dorado en la última ventana del ala norte. Súbitamente, de la floresta brotó un halo parpadeante y áureo. Luces en el bosque. Las luces de un farol o una linterna en la maleza. El muchacho tragó saliva. El rastro de pequeños destellos aparecía y desaparecía trazando círculos en el interior del bosque.

Un minuto más tarde, enfundado en un grueso jersey y con sus botas de piel, Dorian se deslizó escaleras abajo, de puntillas, y con infinita delicadeza, abrió la puerta del porche. La noche era fría y el mar rugía en la oscuridad, al pie de los acantilados. Sus ojos siguieron el rastro que dibujaba la luna, una cinta plateada serpenteando hacia el interior del bosque.Un cosquilleo en el estómago lo hizo recordar la cálida seguridad de su habitación. Dorian suspiró.

Las luces horadaban las brumas, como alfileres blancos, entre el umbral del bosque. El muchacho puso un pie frente al otro y así sucesivamente.Antes de darse cuenta, las sombras del bosque lo rodearon y la Casa del Cabo, a sus espaldas, le pareció lejana, infinitamente lejana.

Ni toda la oscuridad ni todo el silencio del mundo podían hacer conciliar el sueño a Irene aquella noche. Finalmente, al filo de las doce, renunció al descanso y encendió la pequeña luz de su mesita de noche. El diario de Alma Maltisse reposaba junto al diminuto medallón que su padre le había regalado años atrás, una efigie de un ángel labrada en plata. Irene cogió el diario entre las manos y lo abrió de nuevo por la primera página.

La caligrafía afilada y ondulante le dio la bienvenida. La hoja, impregnada de un tono ocre y mortecino, parecía un campo de centeno agitándose al viento. Lentamente, mientras sus ojos acariciaban línea a línea, Irene emprendió de nuevo su viaje a la memoria secreta de Alma Maltisse.

Tan pronto volvió la primera página, el embrujo de las palabras la llevó lejos de allí. No podía oír el batir de las olas, ni el viento en el bosque. Su mente estaba en otro mundo...

...Anoche los oí pelear en la biblioteca. Él le gritaba y le suplicaba que lo dejase en paz, que abandonase la casa para siempre. Le dijo que no tenía ningún derecho a hacer lo que estaba haciendo con nuestras vidas. Nunca olvidaré el sonido de aquella risa, un aullido animal de rabia y odio que estalló tras los muros. El estruendo de miles de libros volando desde los estantes se oyó en toda la casa. Su ira es cada día mayor. Desde el momento en que liberé a esa bestia de su confinamiento, ha ido ganando fuerza sin cesar.

Él hace guardia al pie de mi lecho todas las noches. Sé que teme que, si me deja sola un instante, la sombra vendrá a por mí. Hace días que no me dice qué pensamientos ocupan su mente, pero no me hace falta. No ha dormido en semanas. Cada noche es una espera terrible e interminable. Coloca cientos de velas en toda la casa, tratando de sembrar de luz cada rincón, para evitar que la oscuridad sirva de amparo a la sombra. Su rostro ha envejecido diez años en apenas un mes.

A veces creo que es todo culpa mía, que si yo desapareciese, su maldición se esfumaría conmigo. Tal vez es eso lo que debo hacer, alejarme de él y acudir a mi cita inevitable con la sombra. Sólo eso nos dará la paz. Lo único que me impide dar ese paso es que no soporto la idea de dejarlo. Sin él, nada tiene sentido. Ni la vida, ni la muerte...

Irene levantó la vista del diario. El laberinto de dudas de Alma Maltisse se le antojaba desconcertante y, al tiempo, inquietantemente cercano. La línea entre la culpa y el deseo de vivir parecía afilada, como una cuchilla envenenada. Irene apagó la luz. La imagen no se desvanecía de su mente. Una cuchilla envenenada.

Dorian se adentró en el bosque siguiendo el rastro de las luces que veía brillar entre la maleza, reflejos que podían venir de cualquier lugar de la espesura. Las hojas humedecidas por la neblina se transformaban en un abanico de espejismos indescifrable. El sonido de sus propias pisadas se había convertido ahora en un angustioso reclamo hacia sí mismo. Por fin, inspiró profundamente y se recordó su propósito: no iba a salir de allí hasta saber qué era lo que se ocultaba en el bosque. Eso era todo y no había más.

El muchacho se detuvo a la entrada del claro donde había encontrado las pisadas el día anterior. El rastro ahora era borroso y apenas reconocible. Se acercó hasta el tronco lacerado y palpó las muescas. La idea de una criatura trepando a toda velocidad entre los árboles, como un felino salido del infierno, se filtró en su imaginación. Dos segundos más tarde, el primer crujido a sus espaldas le advirtió de la proximidad de alguien. O algo.

Dorian se ocultó entre la maleza. Las puntas afiladas de los arbustos lo arañaban como alfileres. Contuvo la respiración y rezó para que quien fuera que se estaba acercando no oyese el martilleo de su propio corazón como él lo oía en aquel momento. Al poco, las luces parpadeantes que había avistado a lo lejos se abrieron camino entre los resquicios de la maleza, transformando la neblina flotante en un aliento rojizo.

Se oyeron pasos al otro lado de los arbustos. El muchacho cerró los ojos, inmóvil como una estatua. Las pisadas se detuvieron. Dorian sintió la falta de oxígeno, pero, por lo que a él respectaba, podía pasarse los próximos diez años sin respirar. Finalmente, cuando creía que sus pulmones iban a estallar, dos manos apartaron las ramas de los arbustos que lo ocultaban. Sus rodillas se transformaron en gelatina. La luz de un farol cegó sus pupilas. Tras un intervalo que al chico se le hizo infinito, el extraño posó el farol sobre el suelo y se arrodilló frente a él. Un rostro vagamente familiar brillaba a su lado, pero el pánico le impedía reconocerlo. El extraño sonrió.

—Vamos a ver. ¿Se puede saber qué es lo que estás haciendo tú aquí? —dijo la voz, serena y amable.

En algún momento Dorian comprendió que quien estaba frente a él era simplemente Lazarus. Sólo entonces respiró.

Hubo de pasar un buen cuarto de hora antes de que el tembleque desapareciese de las manos de Dorian. Fue entonces cuando Lazarus puso en ellas un tazón de chocolate caliente y se sentó frente a él. Lazarus lo había acompañado hasta el cobertizo contiguo a la fábrica de juguetes. Una vez allí, había preparado sendos tazones de chocolate sin prisa.

Mientras ambos sorbían ruidosamente y se observaban por encima de la taza, Lazarus se echó a reír.

—Me has dado un susto de muerte, hijo —aseguró.

—Si le sirve de consuelo, no ha sido nada comparado con el que usted me ha dado a mí —añadió Dorian, sintiendo cómo el chocolate caliente irradiaba en su estómago una cálida sensación de calma.

—De eso no me cabe duda —rió Lazarus—. Ahora, dime qué hacías ahí fuera.

—Vi luces.

—Viste mi farol. ¿Y por eso saliste? ¿A medianoche? ¿Acaso has olvidado lo que le sucedió a Hannah?

Dorian tragó saliva, aunque a él le pareció una canica de plomo, de alto calibre.

—No, señor.

—Bien. Pues no lo olvides. Es peligroso andar por ahí en la oscuridad. Hace días que tengo la impresión de que alguien merodea por el bosque.

—¿Usted también ha visto las marcas?

—¿Qué marcas?

Dorian le relató sus temores e inquietudes respecto a aquella extraña presencia que intuía en el bosque. Al principio creía que no sería capaz, pero Lazarus inspiraba la tranquilidad y la confianza necesarias para que su lengua se soltase. Mientras el muchacho desgranaba su relato, Lazarus lo escuchaba con atención, pero sin ocultar cierta extrañeza e incluso alguna sonrisa ante los detalles más fantásticos del recuento.

—¿Una sombra? —preguntó de pronto Lazarus sobriamente.

—No cree usted ni una palabra de lo que le he dicho —apuntó Dorian.

—No, no. Te creo. O intento creerte. Comprende que lo que me dices es un tanto... peculiar —dijo Lazarus.

—Pero usted también ha visto algo. Por eso estaba en el bosque. ¿No es cierto?

Lazarus sonrió.

—Sí. También me ha parecido ver algo, pero no puedo dar tantos detalles como tú.

Dorian apuró su chocolate.

—¿Más? —ofreció Lazarus.

El chico asintió. La compañía del fabricante de juguetes le resultaba agradable. La idea de compartir una taza de chocolate con él, de madrugada, se le antojaba una experiencia excitante y educativa.

Echando un vistazo al taller en el que se encontraban, Dorian advirtió, en una de las mesas de trabajo, una silueta poderosa y de gran envergadura tendida bajo un manto que la cubría.

—¿Está trabajando en algo nuevo?

Lazarus asintió.

—¿Quieres que te lo muestre?

Los ojos de Dorian se abrieron como platos. No era necesaria respuesta.

—Bueno, debes tener en cuenta que es una pieza inacabada... —dijo el hombre, aproximándose al manto y acercando un farol.

—¿Es un autómata? —inquirió el chico.

—A su modo, sí. En realidad, es una pieza un tanto extravagante, supongo. La idea me ha rondado por la cabeza durante años. De hecho, fue un muchacho más o menos de tu edad quien me la sugirió hace mucho.

—¿Un amigo suyo?

Lazarus sonrió, nostálgico.

—¿Listo? —preguntó.

Dorian asintió con la cabeza enérgicamente. Lazarus retiró el velo que cubría la pieza..., y el chico, sobrecogido, dio un paso atrás.

—Es sólo una máquina, Dorian. No debe asustarte...

Dorian contempló aquella poderosa silueta. Lazarus había forjado un ángel de metal, un coloso de casi dos metros de altura dotado de dos grandes alas. El rostro de acero brillaba cincelado bajo una capucha. Sus manos eran inmensas, capaces de rodear su cabeza con el puño.

Lazarus tocó algún resorte en la base de la nuca del ángel y la criatura mecánica abrió los ojos, dos rubíes encendidos como carbones ardientes. Estaban mirándolo. A él.

Dorian sintió que las entrañas se le retorcían.

—Por favor, párelo... —suplicó.

Lazarus advirtió la mirada aterrorizada del muchacho y se apresuró a cubrir de nuevo al autómata. Dorian suspiró de alivio al perder de vista aquel ángel demoníaco.

—Lo siento —dijo Lazarus—. No debería habértelo mostrado. Es tan sólo una máquina, Dorian. Metal. No dejes que su apariencia te asuste. Es sólo un juguete.

El chico asintió sin convicción alguna.

Lazarus se apresuró a servirle una nueva taza repleta de chocolate humeante. Dorian sorbió ruidosamente el líquido espeso y reconfortante bajo la atenta mirada del fabricante de juguetes. Al apurar media taza, observó a Lazarus y ambos intercambiaron una sonrisa.

—Menudo susto, ¿eh? —preguntó el hombre.

El chiquillo rió nerviosamente.

—Debe de pensar que soy un gallina.

—Al contrario.Muy pocos se atreverían a salir a investigar por el bosque después de lo que ha pasado con Hannah.

—¿Qué cree usted que pasó?

Lazarus se encogió de hombros.

—Es difícil de decir. Supongo que tendremos que esperar a que la policía acabe su investigación.

—Sí, pero...

—¿Pero...?

—¿Y si realmente hay algo en el bosque? —insistió Dorian.

—¿La sombra?

Dorian asintió gravemente.

—¿Has oído hablar alguna vez del *Doppelgänger*? —preguntó Lazarus.

El muchacho negó. Lazarus lo observó de reojo.

—Es un término alemán —explicó—. Se usa para describir a la sombra de una persona que, por algún motivo, se ha desprendido de su dueño. ¿Quieres oír una curiosa historia al respecto?

—Por favor...

Lazarus se acomodó en una silla frente al muchacho y extrajo un largo cigarro. Dorian había aprendido en el cine que aquella especie de torpedo atendía al nombre de *habano* y que, amén de costar una fortuna, desprendía un olor acre y penetrante al quemar. De hecho, tras Greta Garbo, Groucho Marx era su héroe de los matinales dominicales. El pueblo llano se limitaba a olfatear el humo de segunda mano. Lazarus estudió el cigarro y volvió a guardarlo, intacto, listo para emprender su relato.

—Bien. La historia en sí me la contó un colega hace ya tiempo. El año es 1915. El lugar, la ciudad de Berlín...

»De todos los relojeros de la ciudad de Berlín, ninguno era tan celoso de su labor y tan perfeccionista en sus métodos como Hermann Blöcklin. De hecho, su obsesión por llegar a crear los mecanismos más precisos lo había llevado a desarrollar una teoría respecto a la relación entre el tiempo y la velocidad a la que la luz se desplazaba por el universo. Blöcklin vivía rodeado de relojes en una pequeña vivienda que ocupaba la trastienda de su establecimiento, en la Henrichstrasse. Era un hombre solitario. No tenía familia. No tenía amigos. Su único compañero era un viejo gato, *Salman*, que pasaba las horas en silencio a su lado, mientras Blöcklin dedicaba horas y días enteros a su ciencia, en su taller. A lo largo de los años, su interés llegó a convertirse en obsesión. No era raro que cerrase su tienda al público durante días completos. Días de veinticuatro horas sin descanso, que dedicaba a trabajar en su proyecto soñado: el reloj perfecto, la máquina universal de medición del tiempo.

»Uno de esos días, cuando hacía dos semanas que una tormenta de frío y nieve azotaba Berlín, el relojero recibió la visita de un extraño cliente, un distinguido caballero llamado Andreas Corelli. Corelli vestía un lujoso traje de un blanco reluciente y sus cabellos, largos y satinados, eran plateados. Sus ojos se ocultaban tras dos lentes negras. Blöcklin le anunció que la tienda estaba cerrada al público, pero Corelli insistió, alegando que había viajado desde muy lejos sólo para visitarlo. Le explicó que estaba al corriente de sus logros técnicos e incluso se los describió con detalle, lo cual intrigó sobremanera al relojero, convencido de que sus hallazgos, hasta la fecha, eran un misterio para el mundo.

»La petición de Corelli no fue menos extraña. Blöcklin debía construir un reloj para él, pero un reloj especial. Sus agujas debían girar en sentido inverso. La razón de este encargo era que Corelli padecía una enfermedad mortal que habría de extinguir su vida en cuestión de meses. Por ese motivo, deseaba tener un reloj que contase las horas, los minutos y los segundos que le restaban de vida.

»Tan extravagante petición venía acompañada por una más que generosa oferta económica. Es más, Corelli le garantizó la concesión de fondos económicos para financiar toda su investigación de por vida. A cambio, tan sólo debía dedicar unas semanas a crear aquel ingenio.

»Ni que decir tiene que Blöcklin aceptó el trato. Pasaron dos semanas de intenso trabajo en su taller. Blöcklin estaba sumergido en su tarea cuando, días más tarde, Andreas Corelli volvió a llamar a su puerta. El reloj estaba ya terminado. Corelli, sonriente, lo examinó y, tras alabar la labor realizada por el relojero, le dijo que su recompensa resultaba más que merecida. Blöcklin, exhausto, le confesó que había puesto toda su alma en aquel encargo. Corelli asintió. Después dio cuerda al reloj y dejó que empezase a girar su mecanismo. Entregó un saco de monedas de oro a Blöcklin y se despidió de él.

»El relojero estaba fuera de sí de gozo y codicia, contando sus monedas de oro, cuando advirtió su imagen en el espejo. Se vio más viejo, demacrado. Había estado trabajando demasiado. Resuelto a tomarse unos días libres, se retiró a descansar.

»Al día siguiente, un sol deslumbrante penetró por su ventana. Blöcklin, todavía cansado, se acercó a lavarse la cara y observó de nuevo su reflejo. Pero esta vez, un estremecimiento le recorrió el cuerpo. La noche anterior, cuando se había acostado, su rostro era el de un hombre de cuarenta y un años, cansado y agotado, pero todavía joven. Hoy tenía frente a sí la imagen de un hombre rumbo a su sesenta cumpleaños. Aterrado, salió al parque a tomar el aire. Al volver a la tienda, examinó de nuevo su imagen. Un anciano lo observaba desde el espejo. Presa del pánico, salió a la calle y se tropezó con un vecino, que le preguntó si había visto al relojero Blöcklin. Hermann, histérico, echó a correr.

»Pasó aquella noche en un rincón de una taberna pestilente en compañía de criminales e individuos de dudosa reputación. Cualquier cosa antes que estar solo. Sentía su piel encogerse minuto a minuto. Sus huesos se le antojaban quebradizos. Su respiración, dificultosa.

»Despuntaba la medianoche cuando un extraño le preguntó si podía tomar asiento junto a él. Blöcklin lo miró. Era un hombre joven y bien parecido, de apenas unos veinte años. Su rostro le resultaba desconocido, a excepción de las lentes negras que cubrían sus ojos. Blöcklin sintió que el corazón le daba un vuelco. Corelli...

»Andreas Corelli se sentó frente a él y extrajo el reloj que Blöcklin había forjado días atrás. El relojero, desesperado, le preguntó qué extraño fenómeno era el que le estaba afectando. ¿Por qué envejecía segundo a segundo? Corelli le mostró el reloj. Las agujas giraban lentamente en sentido inverso.Corelli le recordó sus palabras, eso de que había puesto su alma en aquel reloj. Por ese motivo, a cada minuto que pasaba, su cuerpo y su alma envejecían progresivamente.

»Blöcklin, ciego de terror, le suplicó ayuda. Le dijo que estaba dispuesto a hacer cualquier cosa, a renunciar a lo que fuese, con tal de recobrar su juventud y su alma. Corelli le sonrió y le preguntó si estaba seguro de eso. El relojero se reafirmó: cualquier cosa.

»Corelli dijo entonces que estaba dispuesto a devolverle el reloj y con él su alma, a cambio de algo que, de hecho, no le era de utilidad alguna a Blöcklin: su sombra. El relojero, desconcertado, le preguntó si ése era todo el precio que tenía que pagar, una sombra.Corelli asintió y Blöcklin aceptó el trato.

»El extraño cliente extrajo un frasco de vidrio, quitó el tapón y lo colocó sobre la mesa. En un segundo, Blöcklin contempló cómo su sombra se introducía en el interior del frasco, igual que un torbellino de gas. Corelli cerró el frasco y, despidiéndose de Blöcklin, partió en la noche. Tan pronto hubo desaparecido por la puerta de la taberna, el reloj que sostenía en las manos invirtió el sentido en que giraban las agujas.

»Cuando Blöcklin llegó a su casa, al alba, su rostro era el de un hombre joven de nuevo. El relojero suspiró con alivio. Pero otra sorpresa lo esperaba aún. *Salman*, su gato, no aparecía por ninguna parte. Lo buscó por toda la casa y, cuando finalmente dio con él, una sensación de horror lo invadió. El animal pendía por el cuello de un cable, unido a una lámpara de su taller. Su mesa de trabajo estaba derribada y sus herramientas esparcidas por la sala. Se diría que un tornado había pasado por aquel lugar. Todo estaba destrozado. Pero había más: marcas en las paredes. Alguien había escrito torpemente sobre los muros una palabra incomprensible:

Nilkcolb

»El relojero estudió aquel trazo obsceno y tardó más de un minuto en comprender su significado. Era su propio nombre, invertido. Nilkcolb. Blöcklin. Una voz susurró a su espalda y, cuando Blöcklin se volvió, se vio enfrentado a un oscuro reflejo de sí mismo, un espejismo diabólico de su propio rostro.

»Entonces, el relojero comprendió. Era su sombra quien lo observaba. Su propia sombra, desafiante. Trató de atraparla, pero la sombra se rió como una hiena y se esparció por los muros. Blöcklin, estremecido, vio cómo su sombra asía entonces un largo cuchillo y huía por la puerta, perdiéndose en la penumbra.

»El primer crimen de la Henrichstrasse tuvo lugar aquella misma noche. Varios testigos declararon haber visto al relojero Blöcklin acuchillar a sangre fría a aquel soldado que paseaba de madrugada por el callejón. La policía lo aprehendió y lo sometió a un largo interrogatorio. A la noche siguiente, mientras Blöcklin permanecía bajo custodia en su celda, dos nuevas muertes tuvieron lugar. Las gentes empezaron a hablar de un misterioso asesino que se movía en las sombras de la noche de Berlín. Blöcklin trató de explicar a las autoridades lo que estaba sucediendo, pero nadie quiso escucharlo. Los periódicos especulaban con la misteriosa posibilidad de un asesino que conseguía, noche tras noche, escapar de su celda de máxima seguridad, para perpetrar los más espantosos crímenes que recordaba la ciudad de Berlín.

»El terror de la sombra de Berlín duró veinticinco días exactamente. El final de aquel extraño caso llegó tan inesperada e inexplicablemente como su inicio. En la madrugada de aquel 12 de enero de 1916, la sombra de Hermann Blöcklin se introdujo en la tétrica prisión de la policía secreta. Un centinela que montaba guardia junto a la celda juró que había visto a Blöcklin forcejear con una sombra y que, en un momento de la refriega, el relojero había apuñalado a la sombra. Al amanecer, el cambio de guardia encontró a Blöcklin muerto en su celda con una herida en el corazón.

»Días más tarde, un desconocido llamado Andreas Corelli se ofreció a pagar los gastos del entierro en la fosa común del cementerio de Berlín para Blöcklin. Nadie, a excepción del enterrador y un extraño individuo que portaba lentes negras, asistió a la ceremonia.

»El caso de los crímenes de la Henrichstrasse sigue abierto y sin resolver en los archivos de la policía de Berlín...

—Guau... —susurró Dorian al finalizar el relato de Lazarus—. ¿Y eso sucedió realmente?

El fabricante de juguetes sonrió.

—No. Pero sabía que te encantaría la historia.

Dorian hundió los ojos en su taza. Comprendió que Lazarus había urdido aquel relato simplemente para borrarle el susto del ángel mecánico. Un buen truco, pero un truco al fin y al cabo. Lazarus le palmeó el hombro deportivamente.

—Me parece que se hace un poco tarde para jugar a detectives —observó—. Vamos, te acompañaré a casa.

—¿Me promete que no le dirá nada a mi madre? —suplicó Dorian.

—Sólo si tú me prometes que no volverás a pasear por el bosque solo y de noche; no mientras no se aclare lo que ha sucedido con Hannah...

Ambos sostuvieron la mirada.

—Trato hecho —convino el chico.

Lazarus estrechó su mano como un buen hombre de negocios. Luego, ofreciendo una sonrisa misteriosa, el fabricante de juguetes se acercó a un armario y extrajo una caja de madera. Le ofreció la caja a Dorian.

—¿Qué es? —preguntó el muchacho, intrigado.

—Misterio. Ábrela.

Dorian procedió a abrir la caja. La luz de los faroles reveló una figura de plata del tamaño de su mano. Dorian miró a Lazarus, boquiabierto. El fabricante de juguetes sonrió.

—Deja que te muestre cómo funciona.

Lazarus tomó la figura y la colocó sobre la mesa. A una simple presión de sus dedos, la figura se desplegó y reveló su naturaleza. Un ángel. Idéntico al que había visto, a escala.

—A ese tamaño, no puede asustarte, ¿eh?

Dorian asintió, entusiasta.

—Entonces, éste será tu ángel de la guarda. Para protegerte de las sombras...

Lazarus escoltó a Dorian a través del bosque hasta la Casa del Cabo, mientras le explicaba misterios y técnicas de la fabricación de autómatas y de mecanismos cuya complejidad e ingenio le parecían primos hermanos de la magia. Lazarus parecía saberlo todo y tenía respuesta para las cuestiones más rebuscadas y tramposas. No había modo de pillarlo. Al llegar al extremo del bosque, Dorian estaba fascinado y orgulloso con su nuevo amigo.

—Recuerda nuestro pacto, ¿eh? —susurró Lazarus—. No más excursiones nocturnas.

Dorian negó con la cabeza y salió rumbo a la casa. El fabricante de juguetes esperó fuera y no se retiró hasta que el chico hubo llegado a su habitación y lo saludó desde la ventana. Lazarus le devolvió el saludo y se internó de nuevo en las sombras del bosque.

Tendido en la cama, Dorian llevaba todavía la sonrisa pegada al rostro. Todas sus preocupaciones y angustias parecían haberse evaporado. Relajado, el muchacho abrió la caja y extrajo el ángel mecánico que le había regalado Lazarus. Era una pieza perfecta, de una belleza sobrenatural. La complejidad del mecanismo traía ecos de una ciencia misteriosa y cautivadora. Dorian dejó la figura en el suelo, al pie de su lecho, y apagó la luz. Lazarus era un genio. Ésa era la palabra. Dorian la había oído cientos de veces y siempre le sorprendía que se emplease tanto cuando en realidad no se ajustaba a los aludidos de ninguna de las maneras. Finalmente, él había conocido a un verdadero genio. Y, además, era su amigo.

El entusiasmo dio paso a un sueño irresistible. Dorian se rindió a la fatiga y dejó que su mente lo llevase a una aventura donde él, heredero de la ciencia de Lazarus, inventaba una máquina que atrapaba sombras y liberaba al mundo de una siniestra organización maléfica.

Dorian dormía ya cuando, sin previo aviso, la figura empezó a desplegar sus alas lentamente. El ángel metálico ladeó la cabeza y alzó un brazo. Sus ojos negros, dos lágrimas de obsidiana, brillaban en la penumbra.

8. INCÓGNITO

Tres días pasaron sin que Irene recibiese noticia alguna de Ismael. No había rastro del muchacho en el pueblo, y su velero no se veía en los muelles. Un frente tormentoso barría la costa de Normandía y tendía un manto de ceniza sobre la bahía que habría de prolongarse por espacio de casi una semana.

Las calles del pueblo permanecían aletargadas bajo la tenue llovizna la mañana en que Hannah hizo su último viaje hasta el pequeño cementerio, en lo alto de la colina que se alzaba al noreste de Bahía Azul. La procesión llegó hasta las puertas del recinto y, por expreso deseo de la familia, la ceremonia final se celebró en la más estricta intimidad, mientras las gentes del pueblo volvían a sus casas bajo la lluvia, en silencio, a la sombra del recuerdo de la muchacha.

Lazarus se ofreció a acompañar a Simone y a sus hijos de vuelta a la Casa del Cabo mientras la congregación se dispersaba como un banco de niebla al amanecer. Fue entonces cuando Irene avistó la silueta solitaria de Ismael, en lo alto del risco que coronaba los acantilados que bordeaban el cementerio, contemplando el mar de plomo. Bastó una mirada entre ella y su madre para que Simone asintiera y la dejase marchar. Al poco, el coche de Lazarus se alejaba por la carretera de la ermita de Saint Roland e Irene ascendía la senda que conducía hasta los acantilados.

En el horizonte se distinguía el fragor de una tormenta eléctrica sobre el mar, encendiendo mantos de luz tras las nubes, que semejaban tanques de metal candente. La muchacha encontró a Ismael sentado sobre una roca, la mirada perdida en el océano. A lo lejos, el islote del faro y el cabo se perdían en la neblina.

De vuelta al pueblo y sin previo aviso, Ismael desveló a Irene su paradero durante los últimos tres días. El muchacho inició su relato desde el momento en que tuvo conocimiento de la noticia.

Había partido en el *Kyaneos* rumbo al islote del faro, tratando de escapar de un sentimiento del que no había escapatoria posible. Las horas que siguieron hasta el alba le permitieron aclarar su mente y concentrar su atención en una nueva luz al final del túnel: desenmascarar al responsable de aquella desgracia y hacerlo pagar por ello. El anhelo de la venganza parecía el único antídoto capaz de mitigar el dolor.

Las explicaciones de la gendarmería no le satisfacían en absoluto. El secretismo con que las autoridades locales habían llevado el caso le resultaba, cuando menos, sospechoso. En algún momento previo al amanecer del siguiente día, Ismael ya había decidido iniciar sus propias pesquisas. A cualquier precio. A partir de ahí, no había reglas. Aquella misma noche Ismael se coló en el improvisado laboratorio forense del doctor Giraud. Con la ayuda de su audacia y un par de tenazas segó eslabones de cadenas y todo lo que se le interponía.

Irene escuchó, a medio camino entre el asombro y la incredulidad, cómo Ismael se había introducido en las fúnebres dependencias, esperando a que Giraud se retirase, y entonces, entre la neblina de formol y una penumbra espectral, había buscado cuidadosamente en los archivos del doctor la carpeta referente a Hannah.

De dónde había sacado la sangre fría necesaria para semejante pirueta estaba por ver, pero evidentemente no se la había proporcionado el dúo de cadáveres que se encontró, cubiertos por velos. Pertenecían a un par de buzos que habían tenido la mala fortuna de sumergirse en una corriente submarina en el estrecho de La Rochelle la noche anterior, mientras trataban de recuperar la carga de un velero encallado en el arrecife.

Irene, pálida como una muñeca de porcelana, escuchó el macabro relato de cabo a rabo, incluyendo el tropezón de Ismael con una de las mesas de operaciones. Una vez que la narración del muchacho regresó al aire libre, la joven suspiró. Ismael se había llevado la carpeta a su velero y había pasado dos horas tratando de desbrozar la selva de palabrería y jerga médica del doctor Giraud.

Irene tragó saliva.

—¿Cómo murió, entonces? —murmuró.

Ismael la miró directamente a los ojos. Un extraño brillo relucía en los suyos.

—No saben cómo. Pero sí saben por qué. Según el informe, el dictamen oficial es paro cardíaco —explicó—. Pero, en su análisis final, Giraud anotó que, en su opinión personal, Hannah vio algo en el bosque que le provocó un ataque de pánico.

Pánico. La palabra se perdió en el eco de su mente. Su amiga Hannah había muerto de miedo, y lo que fuera que había causado aquel terror seguía en el bosque.

—Fue el domingo, ¿no? —dijo Irene—. Algo tuvo que suceder durante ese día...

Ismael asintió lentamente. Era obvio que el muchacho había pensado lo mismo mucho antes que ella.

—O la noche anterior —sugirió Ismael.

Irene le dirigió una mirada de extrañeza.

—Hannah pasó esa noche en Cravenmoore. Al día siguiente, no había ya rastro de ella. No hasta que la encontraron muerta, en el bosque —dijo el chico.

—¿Qué quieres decir?

—Estuve en el bosque. Hay marcas. Ramas rotas. Hubo una lucha. Alguien persiguió a Hannah desde la casa.

—¿Desde Cravenmoore?

Ismael asintió de nuevo.

—Necesitamos saber qué es lo que sucedió el día anterior a su desaparición. Tal vez eso explique quién o qué la persiguió en el bosque.

—¿Y cómo podemos hacer eso? Quiero decir que la policía... —apuntó Irene.

—Sólo se me ocurre un modo.

—Cravenmoore —murmuró ella.

—Exactamente. Esta noche...

El crepúsculo abría resquicios dc cobre entre el manto de nubes tormentosas en tránsito desde el horizonte. A medida que las sombras se extendían sobre la bahía, la noche dejaba ver un claro en la bóveda del cielo, a través del cual podía apreciarse el círculo de luz casi perfecto que perfilaba la luna creciente. Su lumbre de plata dibujaba un tapiz de reflejos en la habitación de Irene. La muchacha alzó por un momento la vista del diario de Alma Maltisse y contempló aquella esfera que le sonreía desde el firmamento. Veinticuatro horas más y su circunferencia sería completa. La tercera luna llena del estío. La noche de las máscaras en Bahía Azul.

En este momento, sin embargo, la silueta de la luna adquirió otro significado para ella. Al cabo de pocos minutos acudiría a su cita secreta con Ismael en el umbral del bosque. La idea de atravesar la negrura e introducirse en las profundidades insondables de Cravenmoore le parecía ahora una imprudencia. O mejor, un disparate. Por otro lado, se sentía tan incapaz de fallarle a Ismael en esos momentos como se había sentido aquella misma tarde, cuando el muchacho había anunciado su intención de acudir a la mansión de Lazarus Jann en busca de respuestas acerca de la muerte de Hannah. Como no podía aclarar sus pensamientos, la muchacha retomó el diario de Alma Maltisse y se refugió en sus páginas.

...Hace tres días que no sé nada de él. Partió de improviso a medianoche, convencido de que, si se ale-

jaba de mí, la sombra lo seguiría a él. No quiso decirme adónde se dirigía, pero sospecho que buscó refugio en el islote del faro. Siempre acudió a ese lugar solitario en busca de paz, y tengo la impresión de que esta vez ha regresado allí, como un niño aterrorizado, a enfrentarse a su pesadilla. Su ausencia, sin embargo, me ha hecho dudar de cuanto había creído hasta ahora. La sombra no ha vuelto en estos tres días. He permanecido encerrada en mi habitación, rodeada de luces, velas y faroles de aceite. Ni un solo rincón de la estancia permanecía en la oscuridad. Apenas he podido conciliar el sueño.

Mientras escribo estas líneas, en plena noche, puedo ver desde mi ventana el islote del faro entre la niebla. Una luz brilla entre las rocas. Sé que es él, solo, confinado en la prisión a la que se ha condenado. No puedo permanecer ni una hora más aquí. Si debemos enfrentarnos a esta pesadilla, deseo que lo hagamos juntos. Y si debemos perecer en el intento, que igualmente lo hagamos unidos.

Ya no me importa vivir un día más o menos de esta locura. Estoy segura de que la sombra no nos dará tregua. No puedo soportar otra semana más como ésta. Tengo la conciencia limpia y mi alma está en paz consigo misma. El miedo de los primeros días es ahora ya sólo cansancio y desesperanza.

Mañana, mientras las gentes del pueblo celebren el baile de máscaras en la plaza principal, tomaré un bote en el puerto y partiré en su busca. No me importan las consecuencias. Estoy preparada para aceptarlas. Me basta con estar a su lado y serle de ayuda hasta el último momento.

Algo dentro de mí me dice que tal vez quede todavía una posibilidad para nosotros de volver a vivir una vida normal, feliz, en paz. No aspiro a nada más...

El impacto de una minúscula piedra sobre su ventana la arrancó de la lectura. Irene cerró el libro y echó un vistazo al exterior. Ismael esperaba en el umbral del bosque. Lentamente, mientras se ponía una gruesa chaqueta de punto, la luna se ocultó tras las nubes.

Irene observó cuidadosamente a su madre desde lo alto de la escalera. Una vez más, Simone se había rendido al sueño en su butaca favorita, frente al ventanal que contemplaba la bahía. Un libro yacía sobre su regazo y sus lentes de lectura permanecían caídos sobre su nariz como un trineo en un trampolín. En un rincón, una radio de madera labrada con caprichosos motivos de *art nouveau* susurraba los acordes tremendistas de un serial detectivesco. Aprovechando semejante camuflaje, Irene pasó de puntillas frente a Simone y se coló en la cocina, que daba al patio trasero de la Casa del Cabo. Toda la operación apenas le llevó quince segundos.

Ismael la esperaba fuera provisto de una escueta chaqueta de piel, pantalones de trabajo y un par de botas que parecían haber hecho el camino de ida y vuelta a Constantinopla media docena de veces. La brisa nocturna arrastraba una fría neblina desde la bahía, tendiendo una guirnalda de tinieblas danzantes sobre el bosque.

Irene se abotonó hasta arriba su chaqueta y asintió en silencio a la mirada atenta del muchacho. Sin mediar palabra, ambos se internaron en el sendero que atravesaba la espesura. Una galería de sonidos invisibles poblaba las sombras del bosque. El roce de las hojas agitándose al viento enmascaraba el rumor del mar rompiendo en los acantilados. Irene siguió los pasos de Ismael entre la maleza. El rostro de la luna se dejaba adivinar fugazmente entre la trama de nubes que cabalgaban sobre la bahía, sumergiendo el bosque en un fantasmal estado de penumbra parpadeante. A medio trayecto, Irene asió la mano de Ismael y no la soltó hasta que la silueta de Cravenmoore se alzó frente a ellos.

A una señal del chico, se detuvieron tras el tronco de un árbol herido de muerte por un rayo. Por espacio de unos segundos, la luna rasgó el cortinaje aterciopelado de las nubes y un halo de claridad barrió la fachada de Cravenmoore, dibujando cada uno de sus relieves y contornos y trazando el hipnótico retrato de una extraña catedral perdida en las profundidades de un bosque maldito. La fugaz visión se escindió en un estanque de oscuridad y un rectángulo de luz dorada se dibujó al pie de la mansión. La silueta de Lazarus Jann pudo apreciarse en el umbral de la puerta principal. El fabricante de juguetes cerró la puerta a sus espaldas y lentamente descendió los peldaños rumbo a la senda que bordeaba la arboleda.

—Es Lazarus. Todas las noches da un paseo por el bosque —murmuró Irene.

Ismael asintió en silencio y retuvo a la chica, sus ojos clavados en la figura del fabricante de juguetes que se encaminaba hacia el umbral del bosque, en su dirección. Irene dirigió una mirada inquisitiva a Ismael. El muchacho dejó escapar un suspiro y examinó nerviosamente los alrededores. Los pasos de Lazarus se hicieron audibles. Ismael cogió a Irene del brazo y la empujó hacia el interior del tronco muerto del árbol.

—Por aquí. ¡Rápido! —susurró.

El interior del tronco estaba impregnado de un profundo hedor a humedad y a podredumbre. La claridad exterior se filtraba a través de pequeños orificios practicados a lo largo de la madera muerta y dibujaba una improbable escalera de peldaños de luz que ascendían por el interior del tronco cavernoso. Irene sintió un hormigueo en el estómago. A dos metros por encima de ellos advirtió una fila de diminutos puntos luminosos. Ojos. Un grito pugnó por escapar de su garganta. La mano de Ismael se le adelantó. Su alarido se ahogó en su interior mientras el chico la mantenía sujeta.

—¡Son sólo murciélagos, por el amor de Dios! ¡Estate quieta! —le susurró mientras los pasos de Lazarus rodeaban el tronco, rumbo al bosque.

Sabiamente, Ismael mantuvo la mordaza sobre la boca de Irene hasta que las pisadas del propietario de Cravenmoore se perdieron bosque adentro. Las alas invisibles de los murciélagos se agitaron en la oscuridad. Irene sintió el aire sobre su rostro y el hedor ácido de los animales.

—Creí que no te asustaban los murciélagos... —dijo Ismael—. Andando.

Irene lo siguió a través del jardín de Cravenmoore en dirección a la parte trasera de la mansión. A cada paso que daba, la chica se repetía que no había nadie en la casa y que la sensación de ser observada era una simple ilusión de su mente.

Alcanzaron el ala que conectaba con la antigua fábrica de juguetes de Lazarus y se detuvieron frente a la puerta de lo que parecía un taller o una sala de ensamblaje. Ismael extrajo una navaja y desplegó la hoja. El reflejo del filo brilló en la oscuridad. El muchacho introdujo la punta del cuchillo en la cerradura de la puerta y palpó cuidadosamente el mecanismo interno del cierre.

—Hazte a un lado. Necesito más luz.

Irene se retiró unos pasos y escrutó la penumbra que reinaba en el interior de la fábrica de juguetes. Los cristales estaban como nublados por años de abandono y resultaba prácticamente imposible dilucidar las formas que había al otro lado.

—Vamos, vamos... —murmuró Ismael para sí, mientras seguía trabajando en el cierre.

Irene lo observó y acalló la voz interior que empezaba a sugerir que irrumpir ilegalmente en propiedad ajena no era una buena idea. Finalmente, el mecanismo de la cerradura cedió con un chasquido casi inaudible. Una sonrisa iluminó el rostro de Ismael. La puerta se separó un par de centímetros.

—Pan comido —dijo, abriéndola lentamente.

—Démonos prisa —apuntó Irene—. Lazarus no estará fuera mucho tiempo.

Ismael penetró en el interior. Irene inspiró profundamente y lo siguió. El interior estaba bañado por una densa neblina de polvo atrapado en una claridad mortecina que flotaba como una nube de vapor. El olor a diferentes productos químicos calaba el ambiente. Ismael cerró la puerta a sus espaldas y ambos se enfrentaron a un mundo de sombras indescifrables. Los restos de la fábrica de juguetes de

Lazarus Jann yacían en la oscuridad, sumidos en un sueño perpetuo.

—No se ve nada —murmuró Irene, reprimiendo sus ansias por salir de aquel lugar cuanto antes.

—Tenemos que esperar a que nuestros ojos se acostumbren a la penumbra. Es cuestión de segundos —sugirió Ismael sin demasiada convicción.

Los segundos pasaron en vano. El manto de negrura que velaba la sala de la factoría de Lazarus no se desvaneció. Irene trataba de adivinar un camino por el que adentrarse cuando sus ojos repararon en una figura erguida e inmóvil que se alzaba unos metros más allá.

Un espasmo de terror le martilleó el estómago.

—Ismael, hay alguien más aquí... —dijo la muchacha, aferrándose al brazo del chico con fuerza.

Ismael escrutó la penumbra y tragó saliva. Una figura con los brazos extendidos flotaba, suspendida. La silueta oscilaba lentamente, como un péndulo, y una larga cabellera caía sobre sus hombros. Con manos temblorosas, el muchacho palpó el bolsillo de su chaqueta y extrajo una caja de fósforos. La figura permanecía inmóvil, como una estatua viva dispuesta a saltar sobre ellos tan pronto prendiese la lumbre.

Ismael encendió la cerilla y el destello de la llama los cegó momentáneamente. Irene se agarró a él con fuerza.

Segundos más tarde, la visión que se desplegó ante sus ojos le arrebató la fuerza de los músculos. Una intensa oleada de frío le recorrió el cuerpo. Ante ella, balanceándose a la luz parpadeante de la llama, se encontraba el cuerpo de su madre, Simone, suspendido del techo con los brazos extendidos.

—Dios mío...

La figura giró lentamente sobre sí misma y reveló el otro costado de sus facciones. Cables y engranajes brillaron en la tenue claridad. El rostro estaba dividido en dos mitades y solamente una de ellas estaba finalizada.

—Es una máquina, simplemente una máquina —dijo Ismael, tratando de tranquilizarla.

Irene contempló la macabra imitación de Simone. Sus facciones. El color de sus ojos, de su cabello. Cada marca sobre la piel, cada línea de su rostro estaban reproducidas en una máscara inexpresiva y escalofriante.

—¿Qué está sucediendo aquí? —inquirió.

Ismael señaló lo que parecía una puerta de entrada a la casa en el otro extremo del taller.

—Por aquí —señaló, alejando a Irene de aquel lugar y de la siniestra figura suspendida en el aire.

La muchacha, todavía bajo el efecto de aquella aparición, lo siguió, aturdida y aterrorizada.

Un instante después, la llama del fósforo que Ismael sostenía se extinguió y la oscuridad se hizo en torno a ellos de nuevo.

Tan pronto alcanzaron la puerta que conducía hacia el interior de Cravenmoore, el manto de sombras que se había extendido a sus pies se desplegó a sus espaldas como una flor negra, adquiriendo volumen y deslizándose sobre los muros. La sombra se dirigió hacia las mesas de trabajo del taller y su rastro tenebroso recorrió el manto blanco que cubría la figura de aquel ángel mecánico que Lazarus había mostrado a Dorian la noche anterior. Lentamente, la sombra se filtró bajo las comisuras de la sábana y su masa vaporosa penetró a través de las junturas de la estructura metálica.

La silueta de la sombra desapareció completamente en el interior de aquel cuerpo de metal. Un vaho de escarcha se extendió sobre la criatura mecánica formando una telaraña helada. Luego, los ojos del ángel se abrieron lentamente en la oscuridad, dos rubíes encendidos bajo el manto.

La titánica figura se incorporó lentamente y desplegó sus alas. Pausadamente, posó ambos pies sobre el suelo. Las garras arañaron la superficie de la madera, dejando muescas a su paso. El manto de luz azulada que flotaba en el aire atrapó la espiral de humo que ascendía del fósforo apagado que Ismael había soltado. El ángel la atravesó y se perdió en la tiniebla, siguiendo los pasos de Ismael e Irene.

9. LA NOCHE TRANSFIGURADA

El eco lejano de un repiqueteo insistente arrancó a Simone de un mundo de acuarelas danzantes y lunas que se fundían en monedas de plata candente. El sonido llegó de nuevo a sus oídos, pero esta vez Simone despertó completamente y comprendió que de nuevo el sueño había podido con ella y con su intento de avanzar algún capítulo antes de la medianoche. Mientras recogía sus lentes de lectura, oyó de nuevo aquel sonido y por primera vez lo identificó. Alguien estaba golpeando suavemente con los nudillos en la ventana que daba al porche. Simone se incorporó y reconoció el rostro sonriente de Lazarus al otro lado del cristal. Al instante sintió que sus mejillas se ruborizaban. Mientras abría la puerta observó su imagen en el espejo del recibidor. Un desastre.

—Buenas noches, madame Sauvelle. Tal vez no sea éste un buen momento... —dijo Lazarus.

—En absoluto. Me... Lo cierto es que estaba leyendo y me he quedado completamente dormida.

—Eso significa que debe usted cambiar de libro —apuntó Lazarus.

—Supongo que sí. Pero pase, por favor.

—No quisiera importunarla.

—No diga tonterías. Adelante, por favor.

Lazarus asintió amablemente y entró en la casa. Sus ojos trazaron un rápido reconocimiento del lugar.

—La Casa del Cabo nunca ha estado mejor —comentó—. La felicito.

—Todo el mérito es de Irene. Ella es la decoradora de la familia. ¿Una taza de té? ¿Café?...

—Un té sería perfecto, pero...

—Ni una palabra más. También a mí me vendrá bien.

Sus miradas se cruzaron por un instante. Lazarus sonrió cálidamente. Simone, súbitamente azorada, bajó la mirada y se concentró en preparar el té para ambos.

—Se preguntará el porqué de mi visita —empezó el fabricante de juguetes.

Efectivamente, pensó Simone en silencio.

—Lo cierto es que todas las noches doy un pequeño paseo por el bosque hasta los acantilados. Me ayuda a relajarme —llegó la voz de Lazarus.

Una pausa apenas marcada por el sonido del agua en la tetera medió entre ambos.

—¿Ha oído hablar del baile anual de máscaras en Bahía Azul, madame Sauvelle?

—La última luna llena de agosto... —recordó Simone.

—Así es. Me preguntaba... Bien, quiero que entienda que no hay compromiso alguno en mi proposición, de lo contrario no me atrevería a formularla, es decir, no sé si me explico...

Lazarus parecía debatirse como un colegial nervioso. Ella le sonrió serenamente.

—Me preguntaba si le apetecería ser mi acompañante este año —concluyó finalmente el hombre.

Simone tragó saliva. La sonrisa de Lazarus se desmoronó lentamente.

—Lo siento. No debería habérselo pedido. Acepte mis disculpas...

—¿Con o sin azúcar? —cortó amablemente Simone.

—¿Perdón?

—El té. ¿Con o sin azúcar?

—Dos cucharadas.

Simone asintió y diluyó las dos cucharadas de azúcar lentamente. Una vez lista, tendió la taza a Lazarus y le sonrió.

—Tal vez la he ofendido...

—No lo ha hecho. Es que no estoy acostumbrada a que me inviten a salir de casa. Pero me encantaría acudir a ese baile con usted —respondió la mujer, sorprendida de su propia decisión.

El rostro de Lazarus se iluminó con una amplia sonrisa. Por un instante, Simone se sintió treinta años más joven. Era una sensación ambigua y a medio camino entre lo sublime y lo ridículo. Una sensación peligrosamente embriagadora. Una sensación más poderosa que el pudor, que el reparo o el remordimiento. Había olvidado lo reconfortante que era sentir que alguien se interesase por ella.

Diez minutos más tarde, la conversación continuaba en el porche de la Casa del Cabo. La brisa del mar balanceaba los faroles de aceite suspendidos en la pared. Lazarus, sentado sobre la baranda de madera, contemplaba las copas de los árboles agitándose en el bosque, un mar negro y susurrante.

Simone observó el rostro del fabricante de juguetes.

—Me alegra saber que se encuentran a gusto en la casa —comentó Lazarus—. ¿Qué tal se adaptan sus hijos a la vida en Bahía Azul?

—No tengo queja. Al contrario. De hecho, Irene parece que ya está tonteando con un chico del pueblo. Un tal Ismael. ¿Lo conoce?

—Ismael..., sí, por supuesto. Un buen muchacho, tengo entendido —dijo Lazarus, distante.

—Eso espero. Lo cierto es que aún estoy esperando que me lo presente.

—Los chicos son así. Hay que ponerse en su lugar... —sugirió Lazarus.

—Supongo que hago como todas las madres: el ridículo, sobreprotegiendo a mi hija de casi quince años.

—Es lo más natural.

—No sé si ella opina lo mismo.

Lazarus sonrió, pero no dijo nada.

—¿Qué sabe usted de él? —preguntó Simone.

—¿De Ismael?... Bien..., poca cosa... —empezó él—. Me consta que es un buen marinero. Se lo tiene por un joven introvertido y poco dado a hacer amigos. Lo cierto es que yo tampoco estoy muy versado en los asuntos de la vida local... Pero no creo que tenga que preocuparse.

El sonido de las voces trepaba hasta su ventana como la pira de humo de un cigarrillo mal apagado, caprichosa y sinuosamente; ignorarlo era imposible. El murmullo del mar apenas enmascaraba las palabras de Lazarus y su madre, abajo, en el porche, aunque, por un instante, Dorian habría deseado que lo hiciera y que aquella conversación jamás hubiese llegado a sus oídos. Había algo que lo inquietaba en cada inflexión, en cada frase. Algo indefinible, una presencia invisible que parecía impregnar cada giro de la conversación.

Tal vez fuese la idea de escuchar a su madre charlar plácidamente con un hombre que no era su padre, aunque ese hombre fuese Lazarus, a quien Dorian tenía por amigo. Quizá fuese el color de intimidad que parecía teñir las palabras entre ambos. Quizá, se dijo por fin Dorian, eran tan sólo celos y una estúpida obstinación por pretender que su madre no podía volver a disfrutar de una conversación de tú a tú con otro hombre adulto. Y eso era egoísta. Egoísta e injusto. Al fin y al cabo, Simone, además de su madre, era una mujer de carne y hueso, necesitada de amistad y de la compañía de alguien más que de sus hijos. Cualquier libro que se preciase lo dejaba bien claro. Dorian repasó el aspecto teórico de ese razonamiento. A ese nivel, todo le parecía perfecto. La práctica, sin embargo, era otra cuestión.

Tímidamente, sin encender la luz de su habitación, Dorian se aproximó a la ventana y echó un vistazo furtivo hacia el porche. «Egoísta y, encima, espía», pareció susurrar una voz en su interior. Desde el cómodo anonimato de las sombras, Dorian observó la sombra de su madre proyectada sobre el suelo del porche. Lazarus, de pie, miraba el mar, negro e impenetrable. Dorian tragó saliva. La brisa agitó las cortinas que lo ocultaban y el chico dio un paso atrás instintivamente. La voz de su madre pronunció algunas palabras ininteligibles. No era asunto suyo, concluyó, avergonzado de haber estado espiando en secreto.

El muchacho estaba a punto de alejarse suavemente de su ventana cuando advirtió un movimiento en la penumbra por el rabillo del ojo. Dorian se volvió en seco, sintiendo cómo todos los cabellos de la nuca se le erizaban. La habitación estaba sumida en la oscuridad, apenas rasgada por retales de claridad azul que se filtraban entre las cortinas ondulantes. Lentamente, su mano palpó la mesilla de noche en busca del interruptor de la lámpara. La madera estaba fría. Sus dedos tardaron un par de segundos en dar con el botón. Dorian presionó el interruptor. La espiral metálica del interior de la bombilla prendió en una llama fugaz y se extinguió con un suspiro. El destello vaporoso lo cegó por un instante. Luego, la oscuridad se hizo más densa, como un profundo pozo de agua negra.

«La bombilla se ha fundido —se dijo—. Algo común. El metal con el que se forja la espiral de la resistencia, wolframio, tiene una vida limitada.» En la escuela le habían explicado eso.

Todos estos pensamientos tranquilizadores se desvanecieron cuando Dorian advirtió de nuevo aquel movimiento entre las sombras. Más concretamente, de las sombras.

Sintió una oleada de frío al comprobar que una forma parecía moverse en la oscuridad, frente a él.

La silueta, negra y opaca, se detuvo en el centro de la estancia. «Me está observando», murmuró la voz interna en su mente. La sombra pareció avanzar entre la oscuridad y Dorian comprobó que no era el suelo lo que se movía, sino sus rodillas, que temblaban de puro terror ante aquella forma espectral de negrura que se acercaba paso a paso.

Dorian retrocedió unos pasos hasta que la escasa claridad que penetraba por la ventana lo envolvió en un halo de luz. La sombra se detuvo en el umbral de la tiniebla. El chico sintió que sus dientes pugnaban por rechinar, pero presionó la mandíbula con fuerza y reprimió sus deseos de cerrar los ojos. De pronto, alguien pareció pronunciar unas palabras. Tardó unos segundos en comprobar que era él mismo quien estaba hablando. Con tono firme y sin rastro de temor.

—Fuera de aquí —murmuró Dorian en dirección a las sombras—. He dicho fuera.

Un sonido escalofriante llegó hasta sus oídos, un sonido que parecía el eco de una risa lejana, cruel y maléfica. En aquel instante, las facciones de aquella sombra asomaron entre la penumbra como un espejismo de aguas de obsidiana. Negras. Demoníacas.

—Fuera de aquí —se oyó decir a sí mismo.

La forma de vapor negro se desvaneció ante sus ojos y la sombra cruzó la habitación a toda velocidad, como una nube de gas candente, hasta la puerta. Una vez allí, la silueta formó una espiral fantasmagórica que se filtró a través del orificio de la cerradura, un tornado de tinieblas succionado por una fuerza invisible.

Sólo entonces la resistencia de la bombilla prendió de nuevo y, esta vez, la cálida luz bañó la habitación. El impacto súbito de la luz eléctrica le arrancó un alarido de pánico que se ahogó en su garganta. Sus ojos recorrieron cada rincón de la estancia, pero no quedaba rastro de la aparición que había creído ver segundos antes.

Dorian respiró profundamente y se dirigió hacia la puerta. Posó la mano sobre el pomo. El metal estaba frío como el hielo. Armándose de determinación, la abrió y estudió las sombras del pasillo. Nada.

Suavemente, cerró de nuevo la puerta de su habitación y volvió hasta la ventana. Abajo, en el porche, Lazarus se despedía de su madre. Justo antes de partir, el fabricante de juguetes se inclinó y la besó en la mejilla. Un beso breve, casi un roce. Dorian sintió que el estómago se le encogía hasta el tamaño de un guisante. Un instante después, desde las sombras, el hombre alzó la mirada y le sonrió. La sangre se le heló en las venas.

El fabricante de juguetes se alejó lentamente rumbo al bosque, bajo la luz de la luna y, por más que Dorian lo intentó, fue incapaz de ver dónde se reflejaba la sombra de Lazarus. Poco después, la oscuridad lo engulló.

Tras atravesar un largo corredor que comunicaba la fábrica de juguetes con la mansión, Ismael e Irene se adentraron en las entrañas de Cravenmoore. Bajo el manto de la noche, la morada de Lazarus parecía un palacio de tinieblas, cuyas galerías, pobladas por decenas de criaturas mecánicas, se extendían hacia la oscuridad en todas las direcciones. La luz central que coronaba la escalinata en espiral en el centro de la mansión esparcía una lluvia de reflejos púrpuras, dorados y azules que reverberaban hacia el interior de Cravenmoore, como burbujas escapadas de un caleidoscopio.

A los ojos de Irene, las siluetas aletargadas de los autómatas y los rostros inanimados sobre los muros sugerían un extraño encantamiento que hubiese apresado las almas de decenas de antiguos habitantes de la mansión. Ismael, más prosaico, no veía en ellas más que el reflejo de la mente laberíntica e insondable que los había creado. Y ello no lo tranquilizaba en absoluto; al contrario, a medida que se aventuraban en los dominios privados de Lazarus Jann, la presencia invisible del fabricante de juguetes parecía más intensa que nunca. Su personalidad estaba en cada recóndito detalle de aquella barroca construcción: desde el techo, tramado en una bóveda de frescos que mostraban escenas de cuentos célebres, hasta el suelo que pisaban, un interminable tablero de ajedrez que formaba una red hipnótica y engañaba a la vista con un extravagante efecto óptico de profundidad infinita. Caminar por Cravenmoore era como adentrarse en un sueño embriagador y a la vez aterrador.

Ismael se detuvo al pie de una de la escalera e inspeccionó cuidadosamente el recorrido en espiral que se perdía en las alturas. Mientras lo hacía, Irene advirtió que el rostro de uno de los relojes mecánicos de Lazarus en forma de sol abría los ojos y les sonreía. Al tiempo que la manecilla de las horas alcanzaba la vertical de la medianoche, la esfera giró sobre sí misma y el sol dio paso a una luna que irradiaba una luz espectral. Los ojos oscuros y brillantes de la luna giraban de un lado a otro lentamente.

—Vayamos arriba —murmuró Ismael—. La habitación de Hannah estaba en el segundo piso.

—Aquí hay decenas de habitaciones, Ismael. ¿Cómo sabremos cuál era la suya?

—Hannah me contó que su habitación estaba en el extremo de un corredor, de cara a la bahía.

Irene asintió, pese a quc aquélla le parecía poca aclaración. El muchacho parecía tan abrumado por la atmósfera del lugar como ella, pero no lo admitiría ni en cien años. Ambos echaron un último vistazo al reloj.

—Ya es medianoche. Lazarus volverá pronto —dijo Irene.

—Andando.

La escalera ascendía en una espiral bizantina que parecía desafiar la ley de la gravedad, arqueándose progresivamente como los conductos de acceso a la cúpula de una gran catedral. Tras un vertiginoso ascenso, rebasaron la entrada al primer piso. Ismael aferró la mano de Irene y siguió subiendo. La curvatura de los muros se hacía más pronunciada ahora, y el trayecto se transformaba paulatinamente en un esófago claustrofóbico horadado en la piedra.

—Sólo un poco más —dijo el chico, leyendo el angustioso silencio de Irene.

Una eternidad más tarde —en realidad, unos treinta segundos—, ambos pudieron escapar de aquel asfixiante conducto y alcanzar la puerta de acceso a la segunda planta de Cravenmoore. Frente a ellos se extendía el corredor principal del ala este. Una jauría de figuras petrificadas acechaba en las sombras.

—Sería conveniente que nos separásemos —apuntó Ismael.

—Sabía que dirías eso.

—A cambio, escoge tú qué extremo quieres explorar —ofreció Ismael, tratando de bromear.

Irene dirigió una mirada en ambas direcciones. Hacia el este se distinguían los cuerpos de tres figuras encapuchadas en torno a una enorme marmita: brujas. La muchacha señaló en la dirección opuesta.

—Hacia allí.

—Son sólo máquinas, Irene —dijo Ismael—. No tienen vida. Simples juguetes.

—Dímelo por la mañana.

—Está bien, yo exploraré esta parte. Nos encontraremos aquí dentro de quince minutos. Si no hemos encontrado nada, mala suerte. Nos largamos —concedió—. Lo prometo.

Ella asintió. Ismael le tendió su caja de fósforos.

—Por si acaso.

Irene la guardó en el bolsillo de su chaqueta y dirigió una última mirada a Ismael. El muchacho se inclinó y la besó ligeramente en los labios.

—Buena suerte —murmuró.

Antes de que pudiera responderle, él se alejó hacia el extremo del corredor enterrado en la negrura. «Buena suerte», pensó Irene.

El eco de los pasos del chico se perdió a su espalda. La muchacha respiró profundamente y se encaminó rumbo al otro extremo de la galería que atravesaba el eje central de la mansión. El corredor se bifurcaba al llegar a la escalinata central. Irene se asomó levemente al abismo que descendía hasta la planta baja. Un haz de luz descompuesta caía en vertical desde una especie de linterna ubicada en la cúspide trazando un arco iris que arañaba las tinieblas.

Desde aquel punto, la galería se adentraba en dos direcciones: hacia el sur y hacia el oeste. El ala oeste era la única que tenía vistas a la bahía. Sin dudarlo un instante, Irene se internó en el largo pasillo, dejando tras de sí la reconfortante claridad que emanaba de la linterna. Súbitamente, la muchacha advirtió que un velo semitransparente cruzaba el pasillo, apenas una cortinilla de gasa más allá de la cual el corredor adquiría una fisonomía ostensiblemente diferente de la del resto de la galería. No se veía la silueta de ninguna figura más acechando en la sombra. Una letra aparecía bordada sobre la corona que sostenía la cortina divisoria. Una inicial:

A

Irene separó con los dedos el velo de la cortina y cruzó aquella extraña frontera que parecía dividir en dos el ala oeste. Un frío aliento invisible le acarició el rostro y por primera vez la muchacha vislumbró que los muros estaban recubiertos por una compleja maraña de relieves labrados sobre la madera. Sólo tres puertas podían verse desde allí. Dos a ambos lados del corredor y una tercera, la mayor de las tres, situada en el extremo y marcada con la inicial que había visto sobre la cortina a sus espaldas.

Irene se encaminó lentamente hacia aquella puerta. Los relieves a su alrededor mostraban escenas incomprensibles que personificaban extrañas criaturas. Cada una de ellas, a su vez, se yuxtaponía con otras, creando un océano de jeroglíficos cuyo significado se le escapaba completamente. Para cuando Irene llegó a la puerta del extremo, la noción de que era improbable que Hannah hubiese ocupado una estancia en aquel lugar ya había tomado forma en su mente. El embrujo de aquel espacio, sin embargo, podía más que la siniestra atmósfera de santuario prohibido que allí se respiraba. Una intensa presencia parecía flotar en el aire. Una presencia casi palpable.

Irene sintió que el pulso se le aceleraba y posó su mano temblorosa sobre el pomo de la puerta. Algo la detuvo. Un presentimiento. Aún estaba a tiempo de volver atrás, de reunirse de nuevo con Ismael y escapar de aquella casa antes de que Lazarus advirtiese su incursión. El pomo giró suavemente bajo sus dedos, resbalando sobre la piel. Irene cerró los ojos. No tenía por qué entrar allí. Le bastaba con rehacer sus pasos. No tenía por qué ceder a aquella atmósfera irreal, de ensueño, que le susurraba que abriese la puerta y cruzase el umbral sin retorno. La muchacha abrió los ojos.

El corredor ofrecía el camino de regreso entre las tinieblas. Irene suspiró y, por un instante, sus ojos se perdieron en los reflejos que teñían la cortina de gasa. Fue entonces cuando aquella silueta oscura se recortó tras la cortina y se detuvo al otro lado.

—¿Ismael? —murmuró Irene.

La silueta permaneció allí por espacio de unos instantes y, después, sin producir sonido alguno, se retiró de nuevo a las sombras.

—Ismael, ¿eres tú? —preguntó de nuevo.

El lento veneno del pánico había empezado a insuflarse en sus venas. Sin apartar la mirada de aquel punto, abrió la puerta de la habitación y penetró en el interior, cerrando a su espalda. Por un segundo, la luz de zafiro que se filtraba desde los grandes ventanales, altos y estrechos, la cegó. Luego, mientras sus pupilas se aclimataban a la luminosidad evanescente de la cámara, Irene atinó a encender, con manos temblorosas, uno de los fósforos que Ismael le había proporcionado. La lumbre cobriza de la llama la ayudó a desvelar una suntuosa sala palaciega, cuyo lujo y esplendor parecían escapados de las páginas de una fábula.

El techo, coronado por un artesonado laberíntico, dibujaba un remolino barroco en torno al centro de la estancia. En un extremo, un suntuoso palanquín del que pendían largos velos dorados albergaba un lecho. En el centro de la habitación una mesa de mármol sostenía un gran tablero de ajedrez, cuyas piezas estaban labradas en cristal. En el otro extremo, Irene descubrió otra fuente de luz que contribuía a configurar esa atmósfera irisada: las fauces cavernosas de un hogar donde ardían gruesos troncos en brasa pura. Encima, se alzaba un gran retrato. Un rostro blanco y dotado de las facciones más delicadas que puedan imaginarse en un ser humano rodeaba los ojos profundos y tristes de una mujer de conmovedora belleza. La dama del retrato aparecía enfundada en un largo atuendo blanco y tras ella podía distinguirse el islote del faro en la bahía.

Irene se acercó lentamente hasta el pie del retrato, sosteniendo en alto el fósforo encendido hasta que la llama le quemó los dedos. Lamiéndose la quemadura, la joven distinguió un portavelas sobre un escritorio. No lo necesitaba estrictamente, pero encendió la vela con otro fósforo. La llama irradió de nuevo un vaho de claridad en torno a ella. Sobre el escritorio, un libro de piel aparecía abierto por la mitad.

Los ojos de Irene reconocieron la caligrafía que le era tan familiar sobre el papel apergaminado y cubierto por una capa de polvo que apenas permitía leer las palabras escritas en la página. La muchacha sopló levemente y una nube de miles de partículas brillantes se esparció sobre la mesa. Cogió el libro en sus manos y pasó las páginas hasta llegar a la primera. Acercó el tomo a la luz y dejó que sus ojos leyesen las palabras impresas en letras plateadas. Lentamente, a medida que su mente comprendía lo que todo aquello significaba, un intenso escalofrío se le clavó como una aguja helada en la base de la nuca.

Alexandra Alma Maltisse
Lazarus Joseph Jann
1915

Una brizna de madera encendida chasqueó entre el fuego, escupiendo pequeñas chispas que se desvanecieron al contacto con el suelo. Irene cerró el libro y lo depositó sobre el escritorio. Fue entonces cuando advirtió que, en el otro extremo de la estancia, tras el velo que ondeaba en el palanquín que rodeaba el lecho, alguien la observaba. Una silueta esbelta yacía tendida sobre la cama. Una mujer. Irene avanzó unos pasos hacia ella. La mujer alzó una mano.

—¿Alma? —susurró Irene, aterrada por el sonido de su propia voz.

La muchacha recorrió los metros que la separaban del lecho y se detuvo al otro lado. El corazón le batía con fuerza y respiraba entrecortadamente.

Despacio, empezó a separar los cortinajes. En aquel instante, una fría ráfaga de aire cruzó la estancia y agitó los velos suspendidos. Irene se volvió a mirar a la puerta. Una sombra se extendía sobre el suelo, como un gran charco de tinta esparciéndose bajo la puerta. Un sonido fantasmal, una voz lejana y llena de odio, pareció susurrar algo desde la oscuridad.

Un instante después, la puerta se abrió con una fuerza incontenible y golpeó contra el interior de la habitación, prácticamente arrancando los goznes que la sujetaban. Cuando la garra de uñas afiladas como largas cuchillas de acero emergió de las sombras, Irene gritó hasta donde le llegó la voz.

Ismael empezaba a pensar que había cometido algún error al tratar de ubicar mentalmente la habitación de Hannah. Cuando ella le había descrito la casa, el muchacho había trazado su propio plano de Cravenmoore. Una vez en el interior, sin embargo, la estructura laberíntica de la mansión se le antojaba indescifrable. Todas las habitaciones del ala que había decidido explorar estaban cerradas a cal y canto. Ni una sola de las cerraduras había cedido a sus artes, y el reloj no parecía mostrar compasión alguna para con su completo fracaso.

Los quince minutos acordados se habían evaporado en vano, y la idea de abandonar la búsqueda por aquella noche empezaba a resultarle tentadora.

Un simple vistazo al lúgubre decorado de aquel lugar le sugería mil y una excusas con tal de escapar de él. Ya había tomado la decisión de abandonar la mansión cuando oyó el grito de Irene, apenas un hilo de voz atravesando las tinieblas de Cravenmoore desde algún lugar recóndito. El eco se esparció en varias direcciones. Ismael sintió la punzada de adrenalina quemándole las venas y se lanzó tan de prisa como sus piernas se lo permitieron hacia el otro extremo de aquella monumental galería.

Sus ojos apenas se detuvieron en el siniestro túnel de formas tenebrosas que se deslizaba a su alrededor. Cruzó bajo el halo espectral de la linterna en la cúspide y rebasó la encrucijada de galerías en torno a la escalinata central. El entramado de baldosas del suelo parecía extenderse bajo sus pies, y la vertiginosa fuga del pasillo se alargaba frente a sus ojos como un corredor que cabalgase hacia el infinito.

Los gritos de Irene llegaron de nuevo a sus oídos, esta vez más cercanos. Ismael atravesó el umbral de cortinajes transparentes y por fin detectó la entrada a la cámara del extremo del ala oeste. Sin pensarlo un segundo, el muchacho se lanzó al interior, desconocedor de lo que lo esperaba allí dentro.

La fisonomía velada de una monumental habitación se desplegó ante sus ojos a la luz de las brasas que chispeaban en el fuego. La silueta de Irene, recortada contra un amplio ventanal bañado en luz azul, lo reconfortó por un instante, pero pronto pudo leer el terror ciego en los ojos de la muchacha. Ismael se volvió instintivamente y la visión que descubrió frente a sí le nubló la mente, paralizándolo como hubiese hecho la danza hipnótica de una serpiente.

Alzándose de entre las sombras, una titánica silueta desplegó dos grandes alas negras, las alas de un murciélago. O de un demonio.

El ángel extendió dos largos brazos, coronados por dos garras, a su vez formadas por dedos largos y oscuros, y el filo acerado de sus uñas brilló frente a su rostro, velado por una capucha.

Ismael retrocedió un paso en dirección al fuego y el ángel alzó el rostro, desvelando sus facciones a la claridad de las llamas. Había algo más en aquella siniestra figura que una simple máquina. Algo se había refugiado en su interior, convirtiéndola en un títere infernal, una presencia palpable y maléfica. El muchacho luchó por no cerrar los ojos y agarró el extremo intacto de un tronco medio reducido a brasas. Blandiendo el tronco encendido frente al ángel, señaló la puerta de la habitación.

—Ve hacia la puerta lentamente —le murmuró a Irene.

La muchacha, paralizada por el pánico, ignoró sus palabras.

—Haz lo que te he dicho —ordenó Ismael enérgicamente.

El tono de su voz despertó a Irene. Asintió temblando e inició su camino en dirección a la puerta. Apenas había recorrido un par de metros cuando el rostro del ángel se volvió hacia ella como un depredador atento y paciente. Irene sintió sus pies fundirse con el suelo.

—No lo mires y sigue andando —indicó Ismael, sin cesar de blandir el tronco frente al ángel.

Irene dio un paso más. La criatura ladeó la cabeza hacia ella y la joven dejó escapar un gemido.

Ismael, aprovechando la distracción, golpeó con el tronco al ángel en un lado de la cabeza. El impacto levantó una lluvia de briznas encendidas. Antes de que pudiese retirar el tronco, una de las garras aferró el madero y unas uñas de cinco centímetros, poderosas como cuchillos de caza, lo hicieron añicos ante sus ojos. El ángel dio un paso hacia Ismael. El muchacho pudo sentir la vibración sobre el piso bajo el peso de su oponente.

—Eres sólo una maldita máquina. Un maldito montón de hojalata... —murmuró, tratando de borrar de su mente el efecto aterrador de aquellos dos ojos escarlatas que asomaban bajo la capucha del ángel.

Las pupilas demoníacas de la criatura se redujeron lentamente hasta formar un filamento sangrante sobre córneas de obsidiana, emulando los ojos de un gran felino. El ángel dio otro paso hacia él. Ismael echó un rápido vistazo en dirección a la puerta. Mediaban más de ocho metros hasta ella. No tenía escapatoria posible, pero Irene sí.

—Cuando te lo diga, echa a correr hacia la puerta y no pares hasta que estés fuera de la casa.

—¿Qué estás diciendo?

—No discutas ahora —protestó Ismael, sin apartar los ojos de la criatura—. ¡Corre!

El muchacho estaba calculando mentalmente el tiempo que podía tardar en correr hasta la ventana y tratar de escapar por los riscos de la fachada cuando sucedió lo inesperado. Irene, en vez de dirigirse hacia la puerta y huir, asió un madero encendido del fuego y se encaró con el ángel.

—Mírame, mal nacido —gritó, prendiendo la capa que cubría al ángel con las llamas del tronco y arrancando un alarido de rabia a la sombra que se ocultaba en su interior.

Ismael, atónito, se lanzó hacia Irene y llegó justo a tiempo de derribarla sobre el suelo, antes de que las cinco cuchillas de la garra la rebanasen en el aire. La capa del ángel se transformó en un manto de llamas y la colosal silueta de la criatura se tornó en una espiral de fuego. Ismael agarró a Irene del brazo y la incorporó. Juntos trataron de correr hacia la salida, pero el ángel se interpuso en su camino tras arrancarse la capa de fuego que lo enmascaraba. Una estructura de acero ennegrecido afloró bajo las llamas.

Ismael, sin soltar a la chica ni un segundo (en previsión de nuevas intentonas de heroísmo), la arrastró hasta la ventana y lanzó una de las sillas contra el cristal. Una lluvia de cristales estalló sobre ellos y el frío viento de la noche impulsó los cortinajes hasta el techo. Sentían los pasos del ángel avanzando hacia ellos a su espalda.

—¡Rápido! ¡Salta a la cornisa! —gritó el muchacho.

—¿Qué? —gimió una incrédula Irene.

Sin entretenerse en razonar, él la empujó hasta el exterior. La muchacha cruzó las fauces abiertas en el cristal y se encontró con una caída en vertical de casi cuarenta metros. El corazón le dio un vuelco, convencida de que en décimas de segundo su cuerpo se precipitaría al vacío. Ismael, sin embargo, no aflojó su presa ni un ápice y de un tirón la aupó de nuevo sobre la estrecha cornisa que bordeaba la fachada, como un pasillo entre las nubes. Él saltó tras ella y la empujó hacia adelante. El viento le heló el sudor que le caía por el rostro.

—¡No mires abajo! —gritó.

Habían avanzado apenas un metro justo cuado la garra del ángel asomó por la ventana a su espalda; sus uñas arrancaron una lluvia de chispas sobre la roca, horadando cuatro cicatrices en la piedra. Irene gritó al sentir que sus pies temblaban sobre la cornisa y su cuerpo parecía balancearse peligrosamente hacia el vacío.

—No puedo seguir, Ismael —anunció—. Si doy un paso más, me caeré.

—Puedes. Y lo harás. Andando —la urgió él, aferrándola de la mano con fuerza—. Si te caes, nos caemos los dos.

La muchacha trató de sonreírle. De pronto, un par de metros más adelante, una de las ventanas explotó violentamente y proyectó mil pedazos de vidrio hacia el exterior. Las garras del ángel asomaron por ella y, un instante después, todo el cuerpo de la criatura se adhirió a la fachada como una araña.

—Dios mío... —gimió Irene.

Ismael intentó retroceder, tirando de ella. El ángel reptó sobre la piedra; su silueta se confundía casi con los rostros diabólicos de las gárgolas que apuntalaban el friso superior de la fachada de Cravenmoore.

La mente del chico examinó el campo visual que se abría ante ellos a toda velocidad. La criatura avanzaba palmo a palmo en su dirección.

—Ismael...

—¡Ya lo sé, ya lo sé!

El muchacho calculó las posibilidades que tenían de sobrevivir a un salto desde aquella altura. Cero, siendo generoso. La alternativa de volver a entrar en la habitación requería demasiado tiempo. En el intervalo que tardasen en rehacer sus pasos sobre la cornisa, el ángel estaría sobre ellos. Sabía que le quedaban apenas unos segundos para tomar la decisión, fuera cual fuese. La mano de Irene se aferró con fuerza a la suya; estaba temblando. El chico dirigió una última mirada al ángel, que reptaba hacia ellos lenta pero inexorablemente. Tragó saliva y miró en dirección contraria. El sistema de canalización del desagüe descendía junto a la fachada a sus pies. La mitad de su cerebro se estaba preguntando si aquella estructura podría soportar el peso de dos personas, mientras la otra mitad estaba tramando el modo de asirse a aquella gruesa cañería, su última oportunidad.

—Agárrate fuerte a mí —murmuró por fin.

Irene lo miró; luego miró hacia el suelo, un abismo, y leyó su pensamiento.

—¡Ay, Dios mío!

Ismael le guiñó un ojo.

—Buena suerte —susurró.

La garra del ángel se clavó a cuatro centímetros de su rostro. Irene gritó y se aferró a Ismael, cerrando los ojos. Estaban cayendo en un descenso vertiginoso. Cuando la muchacha volvió a abrirlos, ambos estaban suspendidos en el vacío. Ismael descendía por el canal de desagüe prácticamente sin poder frenar su trayectoria. El estómago se le subió a la garganta. Sobre ellos, el ángel golpeó la cañería, aplastándola contra la fachada. Ismael notó que el roce le arrancaba la piel de las manos y los antebrazos sin piedad, produciendo una quemazón que, al cabo de pocos segundos, habría de convertirse en un dolor agudo. El ángel reptó hacia ellos y trató de agarrar el canalón... Su propio peso lo arrancó de la pared.

Y la masa metálica de la criatura se precipitó al vacío, arrastrando tras de sí toda la cañería. Ésta, con Ismael e Irene, trazó un arco en el aire hacia el suelo. El muchacho luchó por no perder el control, pero el dolor y la velocidad a la que caían pudieron más que sus esfuerzos.

La cañería resbaló entre sus brazos y ambos se vieron cayendo sobre el gran estanque que bordeaba el ala oeste de Cravenmoore. El impacto sobre la lámina helada de agua negra los golpeó con rabia. La inercia de la caída los propulsó hasta el fondo resbaladizo de la laguna. Irene sintió que el agua helada le penetraba por las fosas nasales y le quemaba la garganta. Una oleada de pánico la asaltó. Abrió los ojos bajo el agua y sólo vio un pozo de negrura entre el escozor. Una silueta apareció a su lado: Ismael. El muchacho la agarró y la llevó a la superficie. Ambos emergieron al aire libre con una exhalación.

—De prisa —urgió Ismael.

Irene advirtió marcas y heridas en sus manos y sus brazos.

—No es nada —mintió el muchacho, saltando fuera del estanque.

Ella lo siguió. Sus ropas estaban empapadas y el frío de la noche las adhería a su cuerpo simulando un doloroso manto de escarcha sobre la piel. Ismael escrutó las sombras a su alrededor.

—¿Dónde está? —preguntó Irene.

—Tal vez el impacto de la caída lo ha...

Algo se movió entre los arbustos. En seguida reconocieron los dos ojos escarlatas. El ángel seguía allí y, fuera lo que fuese lo que guiaba sus movimientos, no estaba dispuesto a dejarlos escapar con vida.

—¡Corre!

Ambos se precipitaron a toda velocidad hacia el umbral del bosque. Sus ropas empapadas dificultaban la marcha, y el frío empezaba a calar sus huesos. El sonido del ángel entre la maleza llegó hasta ellos. Ismael tiró con fuerza de la chica, dirigiéndose hacia la zona más profunda del bosque, donde la niebla se espesaba.

—¿Adónde vamos? —gimió Irene, consciente de que estaban internándose en una parte del bosque que le era desconocida.

Ismael no se molestó en contestar y se limitó a tirar de ella desesperadamente. Irene sintió la maleza desgarrándole la piel de los tobillos y el peso de la fatiga consumiéndole los músculos.No podía mantener aquel ritmo mucho más. En cuestión de segundos, la criatura los alcanzaría en las entrañas del bosque y los despedazaría con sus garras.

—No puedo seguir...

—¡Sí puedes!

El muchacho la estaba arrastrando. La cabeza le daba vueltas y podía oír las ramas rotas crujiendo a sus espaldas, a escasos metros de ellos. Por un instante pensó que iba a desvanecerse, pero una punzada de dolor en la pierna la devolvió a una dolorosa conciencia. Una de las garras del ángel había emergido de entre los arbustos y le había abierto un corte en el muslo. La chica gritó. El rostro de la criatura surgió tras ellos. Irene intentó cerrar los ojos, pero no pudo apartar la mirada de aquel infernal depredador.

En aquel momento, la entrada de una gruta disimulada en la maleza apareció frente a ellos. Ismael se lanzó hacia el interior, arrastrándola consigo. Luego éste era el lugar hacia el que la estaba llevando. Una cueva. ¿Acaso Ismael creía que el ángel no dudaría en darles caza allí? Por toda respuesta, Irene oyó el sonido de las garras arañando las paredes de roca de la gruta. Ismael la arrastró a través del angosto túnel hasta detenerse junto a un orificio en el suelo, un agujero en el vacío. Un frío viento impregnado de salitre emanaba del interior. Un rumor intenso rugía más allá, en la oscuridad. Agua. El mar.

—¡Salta! —le ordenó el chico.

Irene observó el orificio negro. A sus ojos, una entrada directa al infierno resultaba más apetecible.

—¿Qué hay ahí abajo?

Ismael suspiró, agotado. Los pasos del ángel sonaban próximos. Muy próximos.

—Es una entrada a la Cueva de los Murciélagos.

—¿Ésta es la segunda entrada? ¡Dijiste que era peligrosa!

—No tenemos elección...

Las miradas de ambos se encontraron en la penumbra. Dos metros más allá, el ángel negro hizo crujir sus garras. Ismael asintió. La chica tomó su mano y, cerrando los ojos, saltó al vacío. El ángel se lanzó tras ellos y atravesó la entrada a la gruta, cayendo hacia el interior de la caverna.

El descenso a través de la oscuridad se hizo infinito. Cuando finalmente sus cuerpos se sumergieron en el mar, una punzada de frío se filtró por cada poro de su piel, mordiente. Al emerger a la superficie, apenas un hilo de claridad se filtraba desde el agujero en la cúspide de la gruta. El vaivén de la marea los impulsaba contra unos muros de roca afilada.

—¿Dónde está? —preguntó Irene, luchando por contener el temblor que le provocaba la gélida temperatura del agua.

Durante unos segundos, ambos se abrazaron en silencio, esperando que en cualquier momento aquella invención infernal emergiese de las aguas y pusiera fin a sus vidas en la oscuridad de aquella caverna. Pero ese momento nunca llegó. Ismael fue el primero en advertirlo.

Los ojos escarlatas del ángel brillaban con intensidad en el fondo de la gruta. El enorme peso de la criatura le impedía emerger a flote. Un rugido de ira llegó hasta ellos a través de las aguas. Aquella presencia que manipulaba el ángel se retorcía de rabia al comprobar que su títere asesino había caído en una trampa que lo hacía inservible. Aquella masa de metal jamás conseguiría llegar a la superficie. Estaba condenado a permanecer en el fondo de la cueva hasta que el mar lo transformase en un montón de chatarra oxidada.

Los muchachos se quedaron allí, observando cómo el brillo de aquellos dos ojos palidecía y se desvanecía bajo las aguas para siempre. Ismacl dejó escapar un suspiro de alivio. Irene lloró en silencio.

—Se acabó —murmuraba temblando la muchacha—. Se acabó.

—No —dijo Ismael—. Eso no era más que una máquina, sin vida ni voluntad. Algo la movía desde el interior. Lo que ha intentado matarnos sigue ahí...

—Pero ¿qué es?

—No lo sé...

En aquel momento, una explosión se produjo en el fondo de la caverna. Una nube de burbujas negras emergió a la superficie, fundiéndose en un espectro negro que reptó sobre las paredes de roca hacia la entrada en la cúspide de la gruta. La sombra se detuvo y los observó desde allí.

—¿Se marcha? —preguntó Irene, aterrada.

Una risa cruel y envenenada inundó la gruta. Ismael negó lentamente con la cabeza.

—Nos deja aquí... —dijo el muchacho—, para que la marea haga el resto...

La sombra escapó a través de la entrada a la cueva.

Ismael suspiró y condujo a Irene hasta una pequeña roca que emergía a la superficie y ofrecía el espacio justo para ambos. La aupó hasta la roca y la rodeó con los brazos. Temblaban de frío y estaban heridos, pero por unos minutos se limitaron a tenderse sobre la roca y respirar profundamente, en silencio. En algún momento, Ismael advirtió que el agua parecía rozarle los pies de nuevo, y comprendió que la marea estaba subiendo. No era aquel ser que los perseguía quien había caído en la trampa, sino ellos mismos...

La sombra los había abandonado a merced de una muerte lenta y terrible.

10. ATRAPADOS

El mar rugía al romper en la boca de la Cueva de los Murciélagos. Las frías corrientes de la Bahía Negra irrumpían con fuerza entre los canales de roca, creando un rumor estremecedor por el eco interno de la caverna, sumida en la oscuridad. El orificio de entrada en la roca se alzaba sobre ellos, lejano e inalcanzable, simulando el ojo de una cúpula. En unos minutos el nivel del agua había ascendido unos centímetros. Irene no tardó en advertir que la superficie de roca que ocupaban, como náufragos, se reducía. Milímetro a milímetro.

—La marea está subiendo —murmuró.

Ismael se limitó a asentir, abatido.

—¿Qué nos va a pasar? —preguntó ella, intuyendo la respuesta, pero esperando que el chico, inagotable caja de sorpresas, se sacase de la manga algún ardid de última hora.

Él le dirigió una mirada sombría. Las esperanzas de Irene se desvanecieron al instante.

—Cuando sube la marea, bloquea la entrada de la cueva —explicó Ismael—. Y ya no hay otra salida de esta cueva que ese orificio en la cúspide, pero no existe modo alguno de llegar a él desde aquí abajo.

Hizo una pausa y su rostro se sumergió en las sombras.

—Estamos atrapados —concluyó.

La idea de la marea subiendo lentamente hasta ahogarlos como ratas en una pesadilla de oscuridad y frío le heló la sangre a Irene. Mientras huían de aquella criatura mecánica, la adrenalina había bombeado suficiente excitación en sus venas como para nublar su capacidad de razonar. Ahora, temblando de frío en la oscuridad, la perspectiva de una muerte lenta se le antojaba insufrible.

—Tiene que haber otro modo de salir de aquí —apuntó.

—No lo hay.

—¿Y qué vamos a hacer?

—De momento, esperar...

Irene comprendió que no podía seguir presionando al muchacho en busca de respuestas. Probablemente él, consciente del riesgo que la cueva entrañaba, estaba más asustado que ella. Y, pensándolo bien, un cambio de conversación tampoco les vendría mal.

—Hay algo... Mientras estábamos en Cravenmoore... —empezó—. Cuando entré en aquella habitación, vi algo allí. Algo sobre Alma Maltisse...

Ismael le dirigió una mirada impenetrable.

—Creo..., creo que Alma Maltisse y Alexandra Jann son una misma persona. Alma Maltisse era el nombre de soltera de Alexandra, antes de casarse con Lazarus —explicó Irene.

—Eso es imposible. Alma Maltisse se ahogó en el islote del faro hace años —objetó Ismael.

—Pero nadie encontró su cuerpo...

—Es imposible —insistió el chico.

—Mientras estuve en aquella habitación, me fijé en su retrato y... Había alguien tendido en la cama. Una mujer.

Ismael se frotó los ojos y trató de poner sus pensamientos en claro.

—Un momento. Supongamos que tienes razón. Supongamos que Alma Maltisse y Alexandra Jann son una misma persona. ¿Quién es la mujer que viste en Cravenmoore? ¿Quién es la mujer que durante todos estos años ha permanecido encerrada en ese lugar, asumiendo la identidad de la esposa enferma de Lazarus? —preguntó.

—No lo sé... Cuanto más sabemos de este asunto, menos lo entiendo —dijo Irene—. Y hay algo más que me preocupa. ¿Qué significado tenía la figura que vimos en la fábrica de juguetes? Era una réplica de mi madre. Sólo de pensarlo se me ponen los pelos de punta. Lazarus está construyendo un juguete con el rostro de mi madre...

Una oleada de agua helada les bañó los tobillos. El nivel del mar había subido por lo menos un palmo desde que estaban allí. Ambos intercambiaron una mirada angustiada. El mar rugió de nuevo y una bocanada de agua atronó en la entrada de la caverna. Aquélla prometía ser una noche muy larga.

La medianoche había dejado un rastro de niebla sobre los acantilados que trepaba escalón a escalón desde el embarcadero hasta la Casa del Cabo. El farol de aceite todavía se balanceaba en el porche, agonizante. A excepción del rumor del mar y el susurro de las hojas en el bosque, el silencio era absoluto. Dorian yacía en la cama sujetando un pequeño vaso de cristal en cuyo interior sostenía una vela encendida. No quería que su madre viese luz, y tampoco se fiaba de su lámpara después de lo ocurrido. La llama danzaba caprichosamente bajo su aliento como el espíritu de una hada de fuego. Un desfile de reflejos le descubría formas insospechadas en cada rincón. Dorian suspiró. Aquella noche no podría pegar ojo ni por todo el oro del mundo.

Poco después de despedir a Lazarus, Simone se había asomado a su dormitorio para asegurarse de que estaba bien. Dorian se había acurrucado bajo las sábanas completamente vestido, ofreciendo una de sus antológicas interpretaciones del dulce sueño de los inocentes, y su madre se había retirado a su habitación complacida y dispuesta a hacer lo propio. De eso hacía ya horas, quizá años, según las estimaciones del chico. La interminable madrugada le había dado oportunidad de comprobar hasta qué punto sus nervios estaban tensos como las cuerdas de un piano. Cada reflejo, cada crujido, cada sombra amenazaba con dispararle el corazón al galope.

Lentamente, el aliento de la llama de la vela se fue extinguiendo hasta reducirse a una diminuta burbuja azul, cuya palidez apenas conseguía penetrar en la penumbra. En un instante, la oscuridad volvió a ocupar el espacio al que había renunciado a regañadientes. Dorian podía sentir el goteo de la cera caliente endureciéndose en el vaso. Apenas unos centímetros más allá, sobre la mesilla, el ángel de plomo que Lazarus le había regalado lo observaba en silencio. «Ya está bien», pensó Dorian, resuelto a aplicar su técnica predilecta para combatir insomnios y pesadillas: comer algo.

Apartó las sábanas y se levantó. Decidió no ponerse los zapatos, para evitar los cien mil crujidos que parecían acudir a sus pies cada vez que pretendía deslizarse sigilosamente por la Casa del Cabo y, reuniendo todo el valor que le quedaba intacto, cruzó de puntillas la habitación hasta la puerta. Abrir la cerradura sin ofrecer el habitual concierto de goznes herrumbrosos a medianoche le llevó unos diez segundos largos, pero valió la pena. Abrió la puerta con lentitud exagerada y examinó el panorama. El corredor se perdía en la penumbra y la sombra de la escalera trazaba una trama de claroscuros sobre la pared. No se apreciaba ni el movimiento de una mota de polvo en el aire. Dorian cerró la puerta a su espalda y se deslizó cuidadosamente hasta el pie de la escalera, cruzando frente a la puerta del dormitorio de Irene.

Su hermana se había retirado a dormir hacía horas, con la supuesta excusa de un terrible dolor de cabeza, aunque Dorian sospechaba que todavía estaría leyendo o escribiéndole detestables cartas de amor al novio marinero con el que últimamente pasaba más horas de las que tenía el día. Desde que la había visto enfundada en aquel vestido de Simone, sabía que sólo podía esperarse una cosa de ella: problemas. Mientras descendía los escalones a modo de explorador indio, Dorian se juró que, si algún día cometía la torpeza de enamorarse, lo llevaría con más dignidad. Mujeres como Greta Garbo no se andaban con tonterías. Ni cartitas de amor, ni flores. Podía ser un cobarde; pero un cursi, jamás.

Una vez llegó a la planta baja, Dorian advirtió que un banco de niebla rodeaba la casa y que la masa vaporosa velaba la visión desde todas las ventanas. La sonrisa que había conseguido a costa de burlarse mentalmente de su hermana se esfumó. «Agua condensada —se dijo—. No es más que agua condensada que se desplaza. Química elemental.» Con esta tranquilizadora visión científica, ignoró el manto de niebla que se filtraba entre los resquicios de las ventanas y se dirigió a la cocina. Una vez allí, comprobó que el romance entre Irene y el *capitán tormenta* tenía sus aspectos positivos: desde que se veía con él, su hermana no había vuelto a tocar la deliciosa caja de chocolates suizos que Simone guardaba en el segundo cajón del armario de provisiones.

Relamiéndose como un gato, Dorian atacó el primero de los bombones. El exquisito estallido de trufa, almendras y cacao le nubló los sentidos. Por lo que a él respectaba, después de la cartografía, el chocolate era probablemente la más noble invención del género humano hasta la fecha. Particularmente, los bombones. «Ingenioso pueblo, los suizos —pensó Dorian—. Relojes y chocolatinas: la esencia de la vida.» Un sonido súbito lo arrancó de cuajo de sus plácidas consideraciones teóricas. Dorian lo oyó de nuevo, paralizado, y el segundo bombón se le resbaló entre los dedos. Alguien estaba llamando a la puerta.

El muchacho intentó tragar saliva, pero la boca se le había quedado seca. Dos golpes precisos sobre la puerta de la casa llegaron de nuevo a sus oídos. Dorian se adentró en la sala principal, sin apartar los ojos de la entrada. El aliento de la niebla se filtraba bajo el umbral. Otros dos golpes sonaron al otro lado de la puerta. Dorian se detuvo frente a ella y dudó un instante.

—¿Quién es? —preguntó con la voz quebrada.

Dos nuevos golpes fueron toda la respuesta que obtuvo. El muchacho se acercó hasta la ventana, pero el manto de la niebla impedía completamente la visión. No se oían pasos sobre el porche. El extraño se había ido. Probablemente un viajero extraviado, pensó Dorian. Se dispuso a volver a la cocina cuando los dos golpes sonaron de nuevo, pero esta vez sobre el cristal de la ventana, a diez centímetros de su rostro. El corazón le dio un vuelco. Dorian retrocedió lentamente hacia el centro de la sala hasta topar con una silla a su espalda. Instintivamente, el muchacho aferró un candelabro de metal con fuerza y lo blandió frente a él.

—Vete... —susurró.

Por una fracción de segundo, un rostro pareció formarse al otro lado del cristal, entre la niebla. Poco después, la ventana se abrió de par en par, impulsada por la fuerza de un vendaval. Una oleada de frío le atravesó los huesos y Dorian contempló, horrorizado, cómo una mancha negra se expandía sobre el suelo.

Una sombra.

La forma se detuvo frente a él y poco a poco fue adquiriendo volumen, alzándose desde el suelo como un títere de tinieblas suspendido por hilos invisibles. El chico trató de golpear al intruso con el candelabro, pero el metal atravesó la silueta de oscuridad en vano. Dorian dio un paso atrás y la sombra se cernió sobre él. Dos manos de vapor negro le rodearon la garganta; sintió el contacto helado sobre su piel. Las facciones de un rostro se dibujaron frente a él. Un escalofrío le recorrió el cuerpo de pies a cabeza. El semblante de su padre se materializó a un palmo escaso de su rostro. Armand Sauvelle le sonrió. Una sonrisa canina, cruel y llena de odio.

—Hola, Dorian. He venido a buscar a mamá. ¿Me llevarás hasta ella, Dorian? —susurró la sombra.

El sonido de aquella voz le heló el alma. Aquélla no era la voz de su padre. Aquellas luces, demoníacas y ardientes, no eran sus ojos. Y aquellos dientes largos y afilados que le asomaban entre los labios no eran los de Armand Sauvelle.

—Tú no eres mi padre...

La sonrisa lobuna de la sombra se esfumó y las facciones se desvanecieron como cera al fuego.

Un rugido animal, de rabia y odio, le desgarró los oídos y una fuerza invisible lo lanzó hasta el otro extremo de la sala. Dorian impactó contra una de las butacas, que cayó al suelo.

Aturdido, el muchacho se incorporó trabajosamente a tiempo para ver cómo la sombra ascendía por la escalera, un charco de alquitrán con vida propia que reptaba sobre los peldaños.

—¡Mamá! —gritó Dorian, corriendo hacia la escalera.

La sombra se detuvo un instante y clavó sus ojos en él. Sus labios de obsidiana formaron una palabra inaudible. Su nombre.

Los cristales de las ventanas de toda la casa estallaron en una lluvia de astillas letales y la niebla penetró rugiendo en la Casa del Cabo mientras la sombra seguía ascendiendo hacia el piso superior. Dorian se lanzó tras ella, persiguiendo aquella forma espectral que flotaba sobre el suelo y avanzaba en dirección a la puerta del dormitorio de Simone.

—¡No! —gritó el chico—. No toques a mi madre.

La sombra le sonrió y, un instante después, la masa de vapor negro se transformó en un torbellino que se filtró a través de la cerradura de la puerta del dormitorio. Un segundo de silencio letal siguió a la desaparición de la sombra.

Dorian corrió hacia la puerta pero, antes de que pudiera alcanzarla, la lámina de madera salió impulsada con la fuerza de un huracán, arrancada de sus goznes, y se estrelló con furia en el otro extremo del pasillo. Dorian se lanzó a un lado y consiguió esquivarla por escasos milímetros.

Cuando se incorporó, una visión de pesadilla se desplegó ante sus ojos. La sombra corría sobre los muros de la habitación de Simone. La silueta de su madre, inconsciente sobre el lecho, proyectaba su propia sombra en la pared. Dorian observó cómo la negra silueta se deslizaba sobre los muros y cómo los labios de aquel espectro acariciaban los de la sombra de su madre. Simone se agitó violentamente en su sueño, atrapada misteriosamente en una pesadilla. Dos garras invisibles la aferraron y la alzaron de entre las sábanas. Dorian se interpuso en su camino. Una vez más, una furia incontenible lo golpeó y lo lanzó fuera de la habitación. La sombra, portando a Simone en sus brazos, descendió la escalera a toda velocidad. Dorian luchó por no perder el sentido, se incorporó de nuevo y la siguió hasta la planta baja. El espectro se volvió y, por un instante, ambos se contemplaron fijamente.

—Sé quién eres... —murmuró el muchacho.

Un nuevo rostro, desconocido para él, hizo su aparición: las facciones de un hombre joven, bien parecido y de ojos luminosos.

—Tú no sabes nada —dijo la sombra.

Dorian observó que los ojos del espectro barrían la estancia y se detenían en la puerta que conducía al sótano. La puerta de madera envejecida se abrió de repente y el muchacho sintió cómo una presencia invisible lo empujaba hacia allí sin que pudiera hacer nada por remediarlo. Cayó escaleras abajo, hacia la oscuridad. La puerta se cerró de nuevo, al igual que una losa de piedra inamovible.

Dorian supo que en cuestión de segundos perdería la conciencia. Acababa de oír la risa de la sombra, como un chacal, mientras se llevaba a su madre hacia el bosque, entre la niebla.

A medida que la marea ganaba terreno en el interior de la cueva, Irene e Ismael sentían el cerco mortal estrechándose en torno a ellos, una trampa claustrofóbica y letal. Irene ya había olvidado el momento en que el agua les había arrebatado su refugio temporal sobre la roca. Ya no había punto de apoyo bajo sus pies. Estaban a merced de la marea y de su propia capacidad de resistencia. El frío la azotaba con un intenso dolor en los músculos, el dolor de cientos de alfileres clavándose en su interior. La sensibilidad en las manos empezaba a desvanecerse y la fatiga desplegaba garras de plomo que parecían asirlos por los tobillos y tirar de ellos. Una voz interior les susurraba que se rindiesen y se uniesen al plácido sueño que los esperaba bajo el agua. Ismael sostenía a flote a la chica y sentía su cuerpo temblar en sus brazos. Cuánto tiempo podía aguantar así ni él mismo lo sabía. Cuánto faltaba para el alba y la retirada de la marea, menos aún.

—No dejes los brazos caídos. Muévete. No dejes de moverte —gimió.

Irene asintió, al borde de la inconsciencia.

—Tengo sueño... —susurró la muchacha, casi delirando.

—No. No puedes dormirte ahora —ordenó Ismael.

Los ojos de Irene lo observaban entreabiertos sin verlo. Él alzó el brazo y palpó el techo rocoso hasta el que los había empujado la marea. Las corrientes internas los alejaban del orificio en la cúspide y los adentraban en las entrañas de la cueva, velando la única posible vía de escape. Pese a todos sus esfuerzos por mantenerse bajo el orificio de entrada, no había modo de sujetarse y evitar que la fuerza imparable de la corriente los alejase de allí a su capricho. Apenas les quedaba ya espacio para respirar. Y la marea, inexorable, seguía subiendo.

Por un momento, el rostro de Irene se precipitó sobre el agua. Ismael la agarró y tiró de ella. La muchacha estaba completamente aturdida. Sabía de hombres más fuertes y experimentados que habían perecido de igual modo, a merced del mar. El frío podía hacer eso con cualquiera. El manto letal entumecía primero los músculos y nublaba la mente, esperando pacientemente que la víctima se rindiese a los brazos de la muerte.

Ismael agitó a la chica y la encaró hacia sí. Ella balbuceó palabras sin sentido. Sin pensarlo dos veces, Ismael la abofeteó con fuerza. Irene abrió los ojos y dejó escapar un alarido de pánico. Durante unos segundos no supo dónde estaba. En la oscuridad, rodeada de agua helada y sintiendo unos brazos extraños que la rodeaban, creyó despertar en la peor de sus pesadillas. Luego, todo volvió a su mente. Cravenmoore. El ángel. La cueva. Ismael la abrazó y ella fue incapaz de contener el llanto; gemía como una niña asustada.

—No me dejes morir aquí —susurró.

El muchacho recibió sus palabras como una puñalada envenenada.

—No vas a morir aquí. Te lo prometo. No voy a permitirlo. La marea bajará pronto y quizá la cueva no se cubra totalmente... Tenemos que aguantar un poco más. Sólo un poco más y podremos salir de aquí.

Irene asintió y se abrazó con más fuerza a él. Ojalá Ismael hubiera tenido la misma fe en sus palabras que su compañera.

Lazarus Jann ascendió lentamente los peldaños de la escalinata principal de Cravenmoore. El aura de una presencia extraña flotaba bajo el halo de la lámpara ubicada en la cúspide. Podía percibirlo en el olor del aire, en el modo en que las partículas de polvo tejían una red de motas plateadas al ser atrapadas por la luz. Al llegar al segundo piso, sus ojos se posaron sobre la puerta del extremo del corredor, más allá de los velos. La puerta estaba abierta. Sus manos empezaron a temblar.

—¿Alexandra?

El frío hálito del viento alzó los visillos que pendían en la galería en penumbra. Un oscuro presentimiento se abatió sobre él. Lazarus cerró los ojos y se llevó la mano al costado. Una punzada de dolor se le había abierto en el pecho y se prolongaba hasta el brazo derecho, en un reguero de pólvora encendida, pulverizando sus nervios con crueldad.

—¿Alexandra? —gimió de nuevo.

Lazarus corrió hasta la puerta de la habitación y se detuvo en el umbral, observando los signos de lucha y las ventanas rotas, abandonadas a la fría neblina que cabalgaba desde el bosque. Apretó el puño hasta sentir cómo las uñas se clavaban en la palma de su mano.

—Maldito seas...

Luego, limpiándose el sudor frío que le cubría la frente, se acercó hasta el lecho y, con infinita delicadeza, apartó las cortinas que pendían del palanquín.

—Lo siento, querida... —dijo al tiempo que se sentaba al borde de la cama—. Lo siento...

Un extraño sonido captó su atención. La puerta de la habitación se balanceaba lentamente a un lado y a otro. Lazarus se incorporó y se acercó cautelosamente al umbral.

—¿Quién anda ahí? —preguntó.

No obtuvo respuesta, pero la puerta se detuvo. Lazarus se adelantó unos pasos hacia el corredor y oteó la oscuridad. Cuando sintió el siseo sobre él, ya era tarde.Un golpe seco en la nuca lo derribó al suelo, semiinconsciente. Sintió cómo unas manos lo asían por los hombros y lo arrastraban por el pasillo. Sus ojos consiguieron captar una visión fugaz: Christian, el autómata que guardaba la puerta principal. El rostro se volvió hacia él. Un brillo cruel relucía en sus ojos.

Poco después, perdió el sentido.

Ismael presintió la llegada del alba en la retirada de las corrientes que habían estado empujándolos sin remedio hacia el interior de la caverna durante toda la noche. Las manos invisibles del mar fueron relajando su presa lentamente, permitiéndole arrastrar a una inconsciente Irene hacia la parte más alta de la caverna, donde el nivel del mar les concedía un escaso hueco de aire. Cuando la claridad que reverberaba sobre el fondo arenoso tendió un sendero de luz pálida hacia la salida de la cueva y la marea se batió en retirada, Ismael dejó escapar un alarido de júbilo que nadie, ni siquiera su compañera, pudo oír. El muchacho sabía que una vez que el nivel del mar iniciase el descenso, la propia cueva les mostraría el camino de salida hacia la laguna y el aire libre.

Hacía ya un par de horas, quizá, que Irene se sostenía a flote puramente con la ayuda de Ismael. La joven apenas lograba mantenerse despierta. Su cuerpo ya no temblaba; sencillamente, se mecía en la corriente como un objeto inanimado. Mientras esperaba pacientemente que la marea les dejase el paso libre, Ismael comprendió que, de no haber estado él allí, Irene habría muerto hacía horas.

Mientras la sostenía a flote y le susurraba palabras de ánimo que la muchacha no podía comprender, el chico recordó las historias que las gentes del mar contaban sobre los encuentros con la muerte y sobre cómo, cuando alguien salvaba la vida de un semejante en el mar, sus almas permanecían unidas eternamente por un vínculo invisible.

Poco a poco, la corriente se fue retirando e Ismael consiguió arrastrar a Irene hacia la laguna, dejando atrás la boca de la gruta. Mientras el amanecer dibujaba una trenza de ámbar sobre el horizonte, el chico la condujo hasta la orilla. Cuando la muchacha abrió los ojos, aturdida, descubrió el rostro sonriente de Ismael, que la observaba.

—Estamos vivos —murmuró él.

Irene dejó caer los párpados, agotada.

Ismael alzó la vista por última vez y contempló la luz del alba sobre el bosque y los acantilados. Era el espectáculo más maravilloso que había presenciado en toda su vida. Luego, lentamente, se tendió junto a Irene en la arena blanca y se rindió a la fatiga. Nada podría haberlos despertado de aquel sueño. Nada.

11. EL ROSTRO BAJO LA MÁSCARA

Lo primero que Irene vio al despertar fueron dos ojos negros e impenetrables que la observaban con parsimonia. La muchacha se retiró de una sacudida y la gaviota, asustada, alzó el vuelo. La chica sintió los labios resecos y doloridos, una ardiente tirantez en la piel y las punzadas de escozor en todo el cuerpo. Sus músculos le parecían de trapo, y su cerebro, pura gelatina. Una oleada de náuseas la invadió, desde la boca del estómago hasta la cabeza. Al tratar de incorporarse, comprendió que aquel extraño fuego que parecía carcomerle la piel como ácido era el sol. Un amargo sabor afloró a sus labios. El espejismo de lo que semejaba ser una pequeña cala entre las rocas flotaba a su alrededor como un tiovivo. No se había sentido peor en su vida.

Se tendió de nuevo y advirtió la presencia de Ismael a su lado. De no ser por su respiración entrecortada, Irene hubiese jurado que estaba muerto. Se frotó los ojos y posó una de sus manos llagadas sobre el cuello de su compañero. Pulso. Irene acarició el rostro de Ismael y poco después el muchacho abrió los ojos. El sol lo cegó por un instante.

—Estás horrible... —murmuró él, sonriendo trabajosamente.

—Pues tú no te has visto —replicó la muchacha.

Como dos náufragos a los que el vendaval hubiese escupido en la playa, se levantaron tambaleándose y buscaron la protección de la sombra bajo los restos de un tronco caído entre los acantilados. La gaviota que había estado velando su sueño volvió a posarse sobre la arena, su curiosidad insatisfecha.

—¿Qué hora debe de ser? —preguntó Irene, combatiendo el martilleo que le golpeaba las sienes a cada palabra.

Ismael le mostró su reloj. La esfera estaba llena de agua, y el segundero, desprendido, emulaba una anguila petrificada en una pecera. El muchacho se protegió los ojos con ambas manos y observó el sol.

—Ha pasado ya el mediodía.

—¿Cuánto tiempo hemos estado durmiendo? —preguntó ella.

—No el suficiente —replicó Ismael—. Podría dormir una semana seguida.

—No hay tiempo para dormir ahora —urgió Irene.

Él asintió y estudió los acantilados en busca de una salida practicable.

—No va a ser fácil. Yo sólo sé llegar hasta la laguna por mar... —empezó.

—¿Qué hay tras los acantilados?

—El bosque que atravesamos anoche.

—¿Y a qué estamos esperando?

Ismael examinó de nuevo los acantilados. Una selva de perfiles afilados en la piedra se alzaba frente a ellos. Escalar aquellas rocas iba a llevar tiempo, por no hablar de las numerosas posibilidades que tenían de sufrir un grave encuentro con la ley de la gravedad y romperse la crisma. La imagen de un huevo estallando sobre el suelo desfiló por su mente. «Perfecto final», pensó.

—¿Sabes trepar? —preguntó Ismael.

Irene se encogió de hombros. El chico observó sus pies desnudos cubiertos de arena. Brazos y piernas de piel blanca sin protección alguna.

—Hacía gimnasia en la escuela y era de las mejores subiendo la cuerda —dijo ella—. Supongo que es lo mismo.

Ismael suspiró. Sus problemas no habían acabado.

Por espacio de unos segundos, Simone Sauvelle volvió a tener ocho años. Volvió a ver aquellas luces de cobre y plata que trazaban caprichosas acuarelas de humo. Volvió a sentir el intenso aroma de la cera quemada, de las voces susurrando en la penumbra, y la danza invisible de cientos de cirios ardiendo en aquel palacio de misterios y encantamientos que había embrujado los recuerdos de su infancia: la antigua catedral de Saint Étienne. El hechizo, sin embargo, no duró más que eso, unos segundos.

Poco después, a medida que sus ojos cansados recorrían la tenebrosa tiniebla que la rodeaba, Simone comprendió que aquellas velas no eran las de capilla alguna, que las manchas de luz que danzaban en los muros eran viejas fotografías y que aquellas voces, susurros lejanos, sólo existían en su mente. Supo instintivamente que no estaba en la Casa del Cabo, ni en ningún lugar que pudiese recordar. Su memoria le devolvió un eco confuso de las últimas horas. Recordaba haber conversado con Lazarus en el porche. Recordaba haberse preparado un vaso de leche caliente antes de acostarse, y recordaba las últimas palabras que había leído en el libro que presidía su mesilla de noche.

Después de apagar la luz, evocó vagamente haber soñado con los gritos de un niño y una absurda sensación de haberse despertado en plena madrugada para contemplar cómo las sombras parecían caminar en la oscuridad. Más allá, su memoria se extinguía como los bordes de un dibujo inacabado. Sus manos palparon un tejido de algodón y advirtió así que todavía vestía su camisón de dormir. Se incorporó y lentamente se acercó al mural que reflejaba la luz de decenas de velas blancas, pulcramente alineadas en los brazos de candelabros surcados por lágrimas de cera.

Las llamas susurraban al unísono; aquel sonido eran las voces que le había parecido oír. La lumbre áurea de todas aquellas luces ardientes le dilató las pupilas y una rara lucidez penetró en su mente. Los recuerdos parecieron volver uno a uno, como las primeras gotas de una lluvia al alba. Con ellos, cayó el primer golpe de pánico.

Recordó el frío contacto de unas manos invisibles arrastrándola en las tinieblas. Recordó una voz que le susurraba al oído mientras cada músculo de su cuerpo quedaba petrificado, incapaz de reaccionar. Recordó una forma forjada en sombras que la llevaba a través del bosque. Recordó cómo había murmurado su nombre aquella sombra espectral y cómo ella, paralizada por el terror, había comprendido que nada de todo aquello era una pesadilla. Simone cerró los ojos y se llevó las manos a la boca, ahogando un grito.

Su primer pensamiento fue para sus hijos. ¿Qué había sido de Irene y de Dorian? ¿Seguían en la casa? ¿Los había alcanzado aquella aparición indescriptible? Una fuerza desgarradora marcó a fuego cada uno de estos interrogantes en su alma. Corrió hacia lo que parecía una puerta y forcejeó con la cerradura en vano, gritando y aullando hasta que la fatiga y la desesperación pudieron más que ella. Paulatinamente, una fría serenidad la devolvió a la realidad.

Estaba presa. Quien la había secuestrado en mitad de la noche la había encerrado en aquel lugar y, probablemente, también había capturado a sus hijos. Pensar que podría haberlos dañado o herido estaba fuera de consideración en aquel momento. Si esperaba poder hacer algo por ellos, debía anular cualquier nuevo espasmo de pánico y mantener el control de cada uno de sus pensamientos. Simone apretó los puños con fuerza mientras se repetía estas palabras. Respiró profundamente con los ojos cerrados, sintiendo cómo su corazón recuperaba un pulso normal.

Poco después abrió de nuevo los ojos y observó la habitación con detenimiento. Cuanto antes comprendiese lo que estaba sucediendo, antes podría salir de allí y acudir en ayuda de Irene y Dorian.

Lo primero que sus ojos registraron fueron los muebles, pequeños y austeros. Muebles de niño, de construcción sencilla, rayana en la pobreza. Estaba en la habitación de un niño, pero su instinto le decía que hacía mucho tiempo que ningún niño la ocupaba. La presencia que impregnaba aquel lugar, tangible, fuera lo que fuese, desprendía vejez, decrepitud. Simone se acercó al lecho y se sentó sobre él, contemplando la habitación desde allí. No había inocencia en aquella alcoba. Cuanto podía presentir era oscuridad. Maldad.

El lento veneno del miedo empezó a correr por sus venas, pero Simone ignoró sus señales de aviso y, tomando uno de los candelabros, se aproximó a la pared. Infinidad de recortes y fotografías formaban un mural que se perdía en la penumbra. Advirtió la rara pulcritud con que todas aquellas imágenes habían sido adheridas a la pared. Un siniestro museo de recuerdos se desplegaba ante sus ojos, y cada uno de aquellos recortes parecía proclamar en silencio la existencia de algún significado para todo ello. Una voz que trataba de hacerse oír desde el pasado. Simone acercó la vela a un palmo escaso de la pared y dejó que el torrente de fotografías y grabados, de palabras y dibujos, la inundase.

Sus ojos captaron al vuelo un nombre familiar en una de las decenas de noticias: Daniel Hoffmann. El nombre despertó su memoria con un relámpago. El misterioso personaje de Berlín cuya correspondencia debía separar, según sus instrucciones. El extraño individuo cuyas cartas, tal como Simone había averiguado accidentalmente, iban a parar a las llamas. Sin embargo, había algo en todo aquello que no cuadraba. El hombre del que hablaban aquellas noticias no vivía en Berlín y, a juzgar por las fechas de publicación de los periódicos, debería contar ahora con una edad improbablemente avanzada. Confundida, Simone se sumergió en el texto de la reseña.

El Hoffmann de los recortes era un hombre rico, fenomenalmente rico. Centímetros más allá, la primera página de *Le Figaro* publicaba la noticia de un incendio en la factoría de juguetes. Hoffmann había muerto en la tragedia. Las llamas consumían el edificio y una multitud se agolpaba, paralizada por el espectáculo infernal. Entre ellos, un niño de ojos asustados miraba a la cámara, perdido.

La misma mirada aparecía en otro recorte. Esta vez, la noticia explicaba la tenebrosa historia de un muchacho que había permanecido siete días encerrado en un sótano, abandonado en la oscuridad. Agentes de la policía lo habían encontrado al hallar a su madre muerta en una de las habitaciones. El rostro del niño, que apenas debía de contar siete u ocho años, era un espejo sin fondo.

Un intenso escalofrío le atenazó el cuerpo, mientras las piezas de un siniestro rompecabezas empezaban a insinuarse en su mente. Pero había más, y el fascinante poder de aquellas imágenes era hipnótico. Los recortes avanzaban en el tiempo. Muchos de ellos hablaban de personas desaparecidas, de gentes que Simone nunca había oído mencionar. Entre ellos, destacaba una muchacha de belleza resplandeciente, Alexandra Alma Maltisse, heredera de un imperio de forjadores de Lyon, a la que una revista de Marsella se refería como la prometida de un joven pero prestigioso ingeniero e inventor de juguetes, Lazarus Jann. Junto a aquel recorte, una serie de fotografías mostraba a la deslumbrante pareja entregando juguetes en un orfanato de Montparnasse. Los dos rebosaban felicidad y luminosidad. «Es mi firme propósito que todos los niños de este país, sea cual sea su situación, puedan tener un juguete», declaraba el inventor en el pie de foto.

Más adelante, otro periódico anunciaba la boda de Lazarus Jann y Alexandra Maltisse. La fotografía oficial del compromiso estaba tomada al pie de la escalinata de Cravenmoore.

Un Lazarus repleto de juventud abrazaba a su prometida. Ni una sola nube enturbiaba aquella imagen de ensueño. El joven y emprendedor Lazarus Jann había adquirido la suntuosa mansión con la intención de que constituyese su hogar nupcial. Diversas imágenes de Cravenmoore ilustraban la noticia.

La sucesión de imágenes y recortes se prolongaba más y más, agrandando aquella galería de personajes y acontecimientos del pasado. Simone se detuvo y volvió atrás. El rostro de aquel niño, perdido y aterrado, no la abandonaba. Dejó que sus ojos penetraran en aquella mirada desolada y, lentamente, reconoció en ella la mirada en la que había puesto esperanzas y amistad. Aquella mirada no era la de aquel Jean Neville del que Lazarus le había hablado. Aquélla era una mirada conocida para ella, dolorosamente conocida. Era la mirada de Lazarus Jann.

Una nube de negrura corrió un velo sobre su corazón. Inspiró profundamente y cerró los ojos. Por alguna razón, antes de que la voz sonase a su espalda, Simone supo que había alguien más en la habitación.

Ismael e Irene alcanzaron la cima de los acantilados poco antes de las cuatro de la tarde. Testigos de la dificultad del ascenso eran las magulladuras y los cortes que la piedra había labrado cruelmente en sus brazos y sus piernas. Aquél era el precio por permitirles cruzar la senda prohibida. Por dificultoso que

Ismael hubiese esperado que fuese el ascenso, la realidad demostró ser peor y más peligrosa de lo que podía imaginar. Irene, sin rechistar un segundo, ni despegar los labios para quejarse de los arañazos que hacían mella en su piel, le había demostrado un valor que no había visto antes en persona alguna.

La muchacha había trepado y se había aventurado por riscos donde nadie, en su sano juicio, hubiese puesto los pies. Cuando finalmente llegaron al umbral del bosque, Ismael se limitó a abrazarla en silencio. La fuerza que ardía dentro de aquella chica no la apagaría ni toda el agua del océano.

—¿Cansada?

Sin aliento, Irene negó con la cabeza.

—¿Nunca te han dicho que eres la persona más tozuda que hay en este planeta?

Media sonrisa asomó a los labios de la muchacha.

—Espera a conocer a mi madre.

Antes de que Ismael pudiese replicar, ella lo tomó de la mano y tiró de él hacia el bosque. A sus espaldas, un abismo más abajo, se distinguía la laguna.

Si alguien le hubiese dicho que un día treparía por aquellos acantilados infernales, no lo habría creído. Respecto a Irene, sin embargo, estaba dispuesto a creer cualquier cosa.

Simone se volvió lentamente hacia las sombras. Podía sentir la presencia del intruso; podía incluso oír el susurro de su respiración pausada. Pero no podía verlo. El aura de las velas se desvanecía en un halo impenetrable, más allá del cual la habitación se transformaba en un vasto escenario sin fondo. Simone escrutó la penumbra que enmascaraba al visitante. Una rara serenidad la dominaba y le otorgaba una lucidez de pensamiento que la sorprendía. Sus sentidos parecían recoger cada minúsculo detalle de lo que la rodeaba con una precisión escalofriante. Su mente registraba cada vibración del aire, cada sonido, cada reflejo. De este modo, atrincherada en aquel extraño estado de calma, permaneció en silencio enfrentada a la tiniebla, esperando que el visitante se diese a conocer.

—No esperaba verla aquí —dijo finalmente la voz desde las sombras, una voz débil, distante—. ¿Tiene miedo?

Simone negó con la cabeza.

—Bien. No debe tenerlo. No debe tener miedo.

—¿Va a seguir ahí escondido, Lazarus?

Un largo silencio siguió a su pregunta. La respiración de Lazarus se hizo más audible.

—Prefiero estar aquí —respondió finalmente.

—¿Por qué?

Algo brilló en la penumbra. Un destello fugaz, casi imperceptible.

—¿Por qué no se sienta, madame Sauvelle?

—Prefiero estar de pie.

—Como quiera. —El hombre hizo una nueva pausa—. Probablemente se preguntará qué ha sucedido.

—Entre otras cosas —cortó Simone, el filo de la indignación asomando en su tono de voz.

—Tal vez lo más sencillo es que me formule usted esas preguntas y que yo trate de responderlas.

Simone dejó escapar un suspiro de ira.

—Mi primera y última pregunta es dónde está la salida —espetó.

—Me temo que eso no es posible. No todavía.

—¿Por qué no?

—¿Es ésa otra de sus preguntas?

—¿Dónde estoy?

—En Cravenmoore.

—¿Cómo he llegado hasta aquí y por qué?

—Alguien la trajo...

—¿Usted?

—No.

—¿Quién?

—Alguien a quien usted no conoce... aún.

—¿Dónde están mis hijos?

—No lo sé.

Simone avanzó hacia las sombras, su rostro rojo de ira.

—¡Maldito bastardo!...

Encaminó sus pasos hacia el lugar de donde provenía la voz. Paulatinamente, sus ojos percibieron una silueta sobre una butaca. Lazarus. Pero había algo extraño en su rostro. Simone se detuvo.

—Es una máscara —dijo Lazarus.

—¿Por qué razón? —preguntó ella, sintiendo que la serenidad que había experimentado se evaporaba vertiginosamente.

—Las máscaras revelan el verdadero rostro de las personas...

Simone luchó por no perder la calma. Rendirse a la ira no la conduciría a nada.

—¿Dónde están mis hijos? Por favor...

—Ya se lo he dicho, madame Sauvelle. No lo sé.

—¿Qué va a hacer conmigo?

Lazarus desplegó una de sus manos, enfundada en un guante satinado. La superficie de la máscara brilló de nuevo. Aquél era el reflejo que había advertido antes.

—No voy a hacerle daño, Simone. No debe tener miedo de mí. Ha de confiar en mí.

—Una petición un tanto fuera de lugar, ¿no le parece?

—Por su propio bien. Trato de protegerla.

—¿De quién?

—Siéntese, por favor.

—¿Qué diablos está sucediendo aquí? ¿Por qué no me dice lo que está pasando?

Simone notó cómo su voz se convertía en un hilo quebradizo e infantil. Reconociendo el umbral de la histeria, apretó los puños y respiró profundamente. Retrocedió unos pasos y tomó asiento en una de las sillas que rodeaban una mesa vacía.

—Gracias —murmuró Lazarus.

Ella dejó escapar una lágrima en silencio.

—Antes que nada, quiero que sepa que siento profundamente que se haya visto envuelta en todo esto. Nunca pensé que llegaría este momento —declaró el fabricante de juguetes.

—Nunca existió un niño llamado Jean Neville, ¿no es así? —preguntó Simone—. Ese niño fue usted. La historia que me contó... era una verdad a medias de su propia historia.

—Veo que ha estado leyendo mi colección de recortes. Probablemente eso la ha llevado a formarse algunas ideas interesantes, pero equivocadas.

—La única idea que me he formado, señor Jann, es que es usted una persona enferma que necesita ayuda. No sé cómo ha conseguido traerme hasta aquí, pero le aseguro que tan pronto salga de este lugar, mi primera visita va a ser la gendarmería. El rapto es un delito...

Sus palabras le sonaron tan ridículas como fuera de lugar.

—¿Debo intuir entonces que tiene intención de renunciar a su empleo, madame Sauvelle?

Aquella rara punta de ironía dibujó una señal de alerta en el ánimo de Simone. Aquel comentario no se diría propio del Lazarus que conocía. Aunque, a decir verdad, si algo estaba claro es que no lo conocía en absoluto.

—Intuya lo que quiera —replicó fríamente.

—Bien. En ese caso, antes de que acuda a las autoridades, para lo cual tiene mi venia, permítame que complete las piezas de la historia que sin duda usted ha hilvanado ya en su mente.

Simone observó la máscara, pálida y desprovista de cualquier expresión. Un rostro de porcelana del que emergía aquella voz fría y distante. Sus ojos apenas eran dos pozos de oscuridad.

—Como verá, apreciada Simone, la única moraleja que se puede sacar de esta historia, o de cualquier otra, es que, en la vida real, a diferencia de la ficción, nada es lo que parece...

—Prométame una cosa, Lazarus —lo interrumpió ella.

—Si está en mi mano...

—Prométame que, si escucho su historia, me dejará marchar de aquí con mis hijos. Yo le juro que no acudiré a las autoridades. Tan sólo cogeré a mi familia y abandonaré este pueblo para siempre. No volverá a saber de mí —suplicó Simone.

La máscara guardó unos segundos de silencio.

—¿Es eso lo que desea?

Ella asintió, conteniendo las lágrimas.

—Me decepciona, Simone. Creí que éramos amigos. Buenos amigos.

—Por favor...

La máscara cerró el puño.

—Está bien. Si lo que quiere es reunirse con sus hijos, lo hará. A su debido tiempo...

—¿Recuerda a su madre, madame Sauvelle? Todos los niños tienen en su corazón un lugar reservado para la mujer que los trajo al mundo. Es como un punto de luz que nunca se apaga. Una estrella en el firmamento. Yo he pasado la mayor parte de mi vida intentando borrar ese punto. Olvidarlo por completo. Pero no es fácil. No lo es. Espero que, antes de juzgarme y condenarme, tenga a bien escuchar mi historia. Seré breve. Las buenas historias necesitan de pocas palabras...

»Vine al mundo la noche del 26 de diciembre de 1882, en una vieja casa de la más oscura y retorcida calle del distrito de Les Gobelins, en París. Un lugar tenebroso e insalubre, ciertamente. ¿Ha leído a Victor Hugo, madame Sauvelle? Si lo ha hecho, sabrá de qué le hablo. Fue allí donde mi madre, con ayuda de su vecina Nicole, dio a luz a un pequeño bebé. Era un invierno tan frío que, al parecer, tardé minutos en prorrumpir en el llanto que se espera de todo bebé. Tanto es así que, por un instante, mi madre estuvo convencida de que había nacido muerto. Cuando comprobó que no era así, la pobre infeliz lo interpretó como un milagro y decidió, divina ironía, bautizarme con el nombre de Lazarus.

»Evoco los años de mi infancia como una sucesión de gritos en las calles y de largas enfermedades de mi madre. Uno de mis primeros recuerdos es el estar sentado sobre las rodillas de Nicole, la vecina, y escuchar cómo la buena mujer me contaba que mi madre estaba muy enferma, que no podía atender a mis llamadas y que debía ser bueno e ir a jugar con los otros niños. Los otros niños a los que se refería eran un grupo de chiquillos harapientos que mendigaban de sol a sol y aprendían antes de los siete años que la supervivencia en el barrio pasaba por convertirse en criminal o en funcionario. No es necesario aclarar cuál de las dos alternativas era la favorita.

»La única luz de esperanza en aquellos días en el barrio la representaba un personaje misterioso que ocupaba nuestros sueños. Su nombre era Daniel Hoffmann y era sinónimo de fantasía para todos nosotros, hasta el punto de que muchos dudaban de su existencia. Según contaba la leyenda, Hoffmann recorría las calles de París con diferentes disfraces y simulando distintas identidades, repartiendo entre los niños pobres juguetes que él mismo había construido en su fábrica. Todos los chiquillos de París habían oído hablar de él y todos soñaban con que, algún día, ellos serían los elegidos por la fortuna.

»Hoffmann era el emperador de la magia, de la imaginación. Sólo una cosa podía vencer a la fuerza de su fascinación: la edad. A medida que los muchachos crecían y su espíritu quedaba desprovisto de la capacidad de imaginar, de jugar, el nombre de Daniel Hoffmann se borraba de su memoria; hasta que un día, ya adultos, eran incapaces de identificarlo cuando lo oían de labios de sus propios hijos...

»Daniel Hoffmann fue el mayor fabricante de juguetes que jamás ha existido. Poseía una gran factoría en el distrito de Les Gobelins. Su fábrica de juguetes semejaba una gran catedral que se alzaba entre las tinieblas de aquel barrio fantasmal y plagado de peligros y miserias. Una torre afilada como una aguja se alzaba en el centro y se clavaba en las nubes. Desde ella, las campanas señalaban el alba y el crepúsculo todos los días del año. El eco de aquellas campanas se oía en toda la ciudad. Todos los muchachos del barrio conocíamos el edificio, pero los adultos eran incapaces de verlo y creían que su emplazamiento lo ocupaba un inmenso pantano impenetrable, una tierra baldía en el corazón de las tinieblas de París.

»Nadie había visto jamás el verdadero rostro de Daniel Hoffmann. Se decía que el creador de los juguetes ocupaba una sala en lo más alto de la torre y que apenas salía de allí; menos cuando se aventuraba, disfrazado, por las calles de París al anochecer y regalaba juguetes a los niños desheredados de la ciudad. A cambio, tan sólo pedía una cosa: el corazón de los muchachos, su promesa eterna de amor y obediencia. Cualquier chico del barrio le hubiese entregado su corazón sin dudarlo. Pero no todos escuchaban la llamada. Los rumores hablaban de cientos de diferentes disfraces que ocultaban su identidad. Había quien se aventuraba a declarar que Daniel Hoffmann jamás empleaba dos veces un mismo atavío.

»Pero volvamos a mi madre. La enfermedad a la que Nicole se refería es para mí todavía un misterio. Imagino que algunas personas, como ciertos juguetes, a veces nacen con una tara de origen. De algún modo, eso nos convierte a todos en juguetes rotos, ¿no le parece? El caso es que la dolencia que padecía mi madre se tradujo con el tiempo en una paulatina pérdida de sus capacidades mentales. Cuando el cuerpo está herido, la mente no tarda en desviarse del camino. Es ley de vida.

»Fue así como aprendí a crecer con la soledad como única compañía y a soñar con que algún día Daniel Hoffmann vendría en mi ayuda. Recuerdo que todas las noches, antes de acostarme, le pedía al ángel de la guarda que me llevase hasta él. Todas las noches. Y fue así también como, supongo que llevado de la fantasía de Hoffmann, empecé a fabricar mis propios juguetes.

»Para ello empleaba despojos que encontraba en las basuras del barrio. Y construí mi primer tren, y un castillo de tres niveles. A eso le siguió un dragón de cartón y, más adelante, una máquina de volar, mucho antes de que los aeroplanos fuesen una visión habitual en el cielo. Pero mi juguete favorito era Gabriel. Gabriel era un ángel. Un ángel maravilloso que forjé con mis propias manos para que me protegiese de la oscuridad y de los peligros del destino. Lo construí con los restos de una máquina de planchar y quincallería que conseguí de un telar abandonado, dos calles más abajo de donde vivíamos. Pero Gabriel, mi ángel de la guarda, tuvo una vida corta.

»El día en que mi madre descubrió todo mi arsenal de juguetes, Gabriel quedó condenado a muerte.

»Mi madre me llevó al sótano de la casa y allí, susurrando y sin dejar de mirar hacia todas partes, como si temiese que alguien estuviese acechando en la sombra, me contó que alguien le había estado hablando en sueños. Su confidente le había hecho la siguiente revelación: los juguetes, todos los juguetes, eran una invención del mismísimo Lucifer. Con ellos esperaba condenar las almas de los niños del mundo. Aquella misma noche, Gabriel y todos mis juguetes fueron a parar al horno de la caldera.

»Mi madre insistió en que debíamos destruirlos juntos, asegurarnos de que se reducían a cenizas. De lo contrario, la sombra de mi alma maldita, explicó ella, vendría a por mí. Cada mancha en mi conducta, cada falta, cada desobediencia, quedaba marcada en ella. Una sombra que llevaba siempre conmigo y que era un reflejo de lo malvado y desconsiderado que yo era con ella, con el mundo...

»Por aquel entonces, yo tenía siete años.

»Fue alrededor de aquella época cuando la enfermedad de mi madre se agudizó. Empezó a encerrarme en el sótano, donde, según ella, la sombra no podría encontrarme si venía a por mí. Durante esos largos encierros, apenas me atrevía a respirar, temiendo que mis suspiros llamasen la atención de la sombra, aquel malvado reflejo de mi alma débil, y me llevase directamente al infierno. Todo esto le resultará cómico, a lo peor, triste, madame Sauvelle, pero para aquel chiquillo de pocos años, era la escalofriante realidad de cada día.

»No quisiera aburrirla con detalles sórdidos de aquellos tiempos. Baste decir que, durante uno de esos encierros, mi madre perdió definitivamente el poco juicio que le quedaba y yo permanecí una semana entera atrapado en aquel sótano, solo en la oscuridad. Ya lo ha leído usted en el recorte, imagino. Una de esas historias que a las gentes de la prensa les complace colocar en la primera página de sus ediciones. Las malas noticias, especialmente si son escabrosas y espeluznantes, abren los bolsillos del público con eficacia pasmosa. A todo esto, usted se preguntará, ¿qué hace un niño encerrado durante siete días y siete noches en un sótano oscuro?

»En primer lugar, permítame decirle que, pasadas unas horas privado de luz, el ser humano pierde el sentido del tiempo. Las horas se transforman en minutos o segundos. O semanas si lo prefiere. El tiempo y la luz están estrictamente relacionados. El caso es que durante ese período de tiempo sucedió algo realmente prodigioso. Un milagro. Mi segundo milagro, si usted quiere, después de aquellos minutos en blanco al poco de nacer.

»Mis plegarias tuvieron efecto. Todas aquellas noches orando en silencio no habían sido en vano. Llámelo suerte, llámelo destino.

»Daniel Hoffmann vino a mí. A mí. De entre todos los niños de París, yo fui el elegido aquella noche para recibir su gracia. Todavía recuerdo aquella tímida llamada en la trampilla que daba al exterior de la calle. Yo no podía llegar hasta ella, pero sí pude contestar a la voz que me habló desde el exterior; la voz más maravillosa y bondadosa que he oído jamás. Una voz que desvanecía la oscuridad y que fundía el miedo de un pobre niño asustado como el sol acaba con el hielo. Y, ¿sabe una cosa, Simone? Daniel Hoffmann me llamó por mi nombre.

»Y yo le abrí la puerta de mi corazón. Poco después, una luz maravillosa se hizo en el sótano y Hoffmann apareció de la nada, vistiendo un deslumbrante traje blanco. Si usted lo hubiese visto, Simone. Era un ángel, un verdadero ángel de luz. Nunca he visto a nadie que irradiase aquella aura de belleza y de paz.

»Aquella noche, Daniel Hoffmann y yo conversamos en la intimidad, como usted y yo lo estamos haciendo ahora. No hizo falta que le contase lo de *Gabriel* y el resto de mis juguetes; ya estaba al corriente. Hoffmann era un hombre informado, entiéndalo. También estaba al tanto de las historias que mi madre me había relatado acerca de la sombra. Lo sabía todo al respecto. Aliviado, le confesé que esa sombra me tenía realmente aterrorizado.

No puede imaginar la compasión, la comprensión que emanaba aquel hombre. Escuchó pacientemente el relato de cuanto me sucedía, y podía sentir que se hacía partícipe de mi dolor, de mi angustia. Y, especialmente, comprendía cuál era el mayor de mis temores, la peor de mis pesadillas: la sombra. Mi propia sombra, aquel espíritu maligno que me seguía a todas partes y que cargaba con todo lo malo que había en mí...

»Fue Daniel Hoffmann quien me explicó lo que debía hacer. Hasta entonces yo era un pobre ignorante, compréndalo. ¿Qué sabía yo de sombras? ¿Qué sabía yo de aquellos misteriosos espíritus que visitaban a la gente en sus sueños y les hablaban del futuro y del pasado? Nada.

»Pero él sí sabía. Él lo sabía *todo*. Y estaba dispuesto a ayudarme.

»Aquella noche, Daniel Hoffmann me reveló el futuro. Me dijo que yo estaba destinado a sucederlo al frente de su imperio. Me explicó que todos sus conocimientos, todo su arte sería mío algún día, y que el mundo de pobreza que me rodeaba se desvanecería para siempre. Puso en mis manos un porvenir que jamás me hubiera atrevido a soñar. Un futuro. Yo no sabía lo que eso era. Y él me lo brindó. Tan sólo debía hacer una cosa a cambio. Una pequeña promesa insignificante: debía entregarle mi corazón. Sólo a él y a nadie más que a él.

»El fabricante de juguetes me preguntó si comprendía lo que eso significaba. Respondí que sí, sin dudarlo un instante. Por supuesto que podía contar con mi corazón. Él era la única persona que se había portado bien conmigo. La única persona a la que le había importado. Me dijo que, si lo deseaba, muy pronto saldría de allí, que nunca más volvería a ver aquella casa ni aquel lugar, ni siquiera a mi madre. Y, lo más importante, me dijo que no debería preocuparme nunca más por la sombra. Si hacía lo que él me pedía, el futuro se abriría frente a mí, limpio y luminoso.

»Me preguntó si confiaba en él. Asentí. En aquel momento, extrajo un pequeño frasco de cristal, parecido al que usted emplearía para contener perfume. Sonriendo, lo destapó y mis ojos asistieron a una visión sobrecogedora. Mi sombra, mi reflejo en la pared, se tornó una mancha danzante. Una nube de oscuridad que fue absorbida por el frasco, capturada para siempre en su interior. Daniel Hoffmann cerró entonces el frasco y me lo tendió. El cristal estaba frío como el hielo.

»Me explicó entonces que, desde aquel momento, mi corazón ya le pertenecía y que pronto, muy pronto, todos mis problemas se desvanecerían. Si no faltaba a mi juramento. Le dije que jamás podría hacer una cosa así. Me sonrió cariñosamente de nuevo y me entregó un obsequio. Un caleidoscopio. Me pidió que cerrase los ojos y pensase con todas mis fuerzas en lo que más deseaba en el universo. Mientras lo hacía, se arrodilló frente a mí y me besó en la frente. Cuando abrí los ojos, ya no estaba allí.

»Una semana después, la policía, alertada por un anónimo informante que los puso al corriente de lo que sucedía en mi casa, me rescató de aquel agujero. Mi madre había muerto...

»De camino a la comisaría, las calles se inundaron de coches de bomberos. El fuego podía olerse en el aire. Los policías que me custodiaban se desviaron de la ruta y entonces pude verlo: alzándose en el horizonte, la fábrica de Daniel Hoffmann ardía en uno de los incendios más pavorosos que ha visto la historia de París. Las gentes que jamás habían reparado en ella observaban la catedral de fuego. Todos recordaron entonces el nombre de aquel personaje que había sembrado de sueños su infancia: Daniel Hoffmann. El palacio del emperador ardía...

»Las llamas y la pira de humo negro se alzaron hacia el cielo durante tres días y tres noches, como si el averno hubiese abierto sus puertas en el negro corazón de la ciudad. Yo estaba allí y lo vi con mis propios ojos. Días después, cuando sólo quedaban cenizas para dar testimonio del impresionante edificio que se había alzado allí, los periódicos publicaron la noticia.

»Con el tiempo, las autoridades encontraron a un pariente de mi madre que se hizo cargo de mi custodia, y me trasladé a vivir con su familia en Cap d'Antibes. Allí crecí y me eduqué. Una vida normal. Feliz. Tal y como Daniel Hoffmann me había prometido. Incluso me permití inventar una variante de mi pasado para contármela a mí mismo: la historia que le narré.

»El día en que cumplí los dieciocho años recibí una carta. El matasellos era de ocho años antes, de la oficina postal de Montparnasse. En ella, mi viejo amigo me anunciaba que la firma de notarios de un tal monsieur Gilbert Travant, en Fontainebleau, tenía en su poder las escrituras de una residencia en la costa de Normandía que pasaba a ser legalmente de mi propiedad al cumplir la mayoría de edad. La nota, en pergamino, venía firmada con una «D».

»Tardé varios años en tomar posesión de Cravenmoore. Para entonces yo ya era un prometedor ingeniero. Mis diseños de juguetes sobrepasaban cualquier proyecto conocido hasta la fecha. Pronto comprendí que había llegado el momento de crear mi propia fábrica. En Cravenmoore. Todo estaba sucediendo tal y como se me había anunciado. Todo, hasta que sucedió el *accidente*. Ocurrió en la Porte de Saint Michel, un 13 de febrero. Ella se llamaba Alexandra Alma Maltisse y era la criatura más bella que jamás había visto.

»Durante todos aquellos años, había conservado conmigo aquel frasco que Daniel Hoffmann me había entregado en el sótano de la rue des Gobelins aquella noche. Su tacto seguía siendo tan frío como entonces. Seis meses después, traicioné mi promesa a Daniel Hoffmann y entregué mi corazón a aquella joven. Me casé con ella. Fue el día más feliz de mi vida. La noche antes de la boda, que habría de celebrarse en Cravenmoore, tomé el frasco que contenía mi sombra y me dirigí a los acantilados del cabo. Desde allí, condenándola para siempre al olvido, la lancé a las oscuras aguas.

»Por supuesto, rompí mi promesa...

El sol había iniciado ya su declive sobre la bahía cuando Ismael e Irene avistaron entre los árboles la fachada posterior de la Casa del Cabo. El agotamiento que ambos arrastraban parecía haberse retirado discretamente a algún lugar no muy lejano, a la espera de un momento más oportuno para emprender su regreso. Ismael había oído hablar de ese fenómeno, una suerte de soplo que experimentaban algunos atletas una vez rebasado el límite de su propia capacidad de cansancio. Pasado ese punto, el cuerpo seguía adelante sin muestras de fatiga. Hasta que la máquina paraba, claro está. Una vez el esfuerzo acababa, el castigo caía de una sola vez. Un préstamo de los músculos, por así decirlo.

—¿En qué estás pensando? —preguntó Irene, advirtiendo el semblante meditabundo del chico.

—En que tengo hambre.

—Y yo. ¿No es raro?

—Al contrario. Nada como un buen susto para abrir el apetito... —se permitió bromear Ismael.

La Casa del Cabo estaba en calma y no había signo aparente de presencia alguna. Dos guirnaldas de ropa seca, suspendida en los tendederos, ondeaban al viento. Ismael captó una visión fugaz de lo que a todas luces parecía ropa interior de Irene por el rabillo del ojo. Su mente pasó a considerar el aspecto que tendría su compañera enfundada en semejantes atavíos.

—¿Estás bien? —inquirió ella.

El muchacho tragó saliva, pero asintió.

—Cansado y hambriento, eso es todo.

Irene le dirigió una sonrisa enigmática. Por un segundo, Ismael consideró la posibilidad de que todas las mujeres fuesen, secretamente, capaces de leer el pensamiento. Mejor no perderse en semejantes consideraciones con el estómago vacío.

La joven trató de abrir la puerta trasera de la casa, pero al parecer alguien había echado el cerrojo por dentro. La sonrisa de Irene se tornó en una mueca de extrañeza.

—¿Mamá? ¿Dorian? —llamó mientras se retiraba unos pasos y examinaba las ventanas del piso superior.

—Probemos por delante —dijo Ismael.

Ella la siguió, rodeando la casa hasta el porche. Una alfombra de cristales rotos afloró a sus pies. Ambos se detuvieron y la visión de la puerta destrozada y todas las ventanas astilladas se desplegó ante ellos. A simple vista, parecía que una explosión de gas hubiese arrancado la puerta de los goznes al tiempo que escupía una tormenta de cristal hacia el exterior. Irene trató de frenar la oleada de frío que le ascendía desde el estómago. En vano. Dirigió una mirada aterrorizada a Ismael y se dispuso a entrar en la casa. Él la retuvo, en silencio.

—¿Madame Sauvelle? —llamó desde el porche.

El sonido de su voz se perdió en el fondo de la casa. Ismael se adentró cautelosamente en el interior y examinó el panorama. Irene se asomó tras él. El suspiro de la muchacha tocó fondo.

La palabra para describir el estado de la vivienda, si es que había alguna, era devastación. Ismael jamás había visto los efectos de un tornado, pero imaginó que se parecían a lo que sus ojos le estaban transmitiendo.

—Dios mío...

—Cuidado con los cristales —advirtió el muchacho.

—¡Mamá!

El grito reverberó por la casa, un espíritu vagabundo de habitación en habitación. Ismael, sin soltar a Irene ni un segundo, se aproximó al pie de la escalera y echó un vistazo al piso superior.

—Subamos —dijo ella.

Ascendieron por la escalera lentamente, examinando los rastros que una fuerza invisible había dejado a su alrededor. La primera en advertir que el dormitorio de Simone no tenía puerta fue Irene.

—¡No!... —murmuró.

Ismael se apresuró hasta el umbral de la estancia y la examinó. Nada. Una a una, ambos registraron todas las habitaciones del piso superior. Vacío.

—¿Dónde están? —preguntó la chica con voz temblorosa.

—Aquí no hay nadie. Volvamos abajo.

Por lo que podía ver, la lucha o lo que fuese que había acontecido en aquel escenario había sido violenta. El muchacho se reservó cualquier observación al respecto, pero una oscura sospecha acerca de la suerte de la familia de Irene cruzó su pensamiento. Ella, todavía bajo los efectos del *shock*, lloraba en silencio al pie de la escalera. «En cuestión de minutos —pensó Ismael—, la histeria se abrirá paso.» Más valía que pensara algo, y rápido, antes de que eso sucediese. Su mente barajaba una docena de posibilidades, a cuál menos efectiva, cuando ambos oyeron por primera vez los golpes. Un silencio mortal los siguió.

Irene alzó la mirada, llorosa, y sus ojos buscaron la confirmación en Ismael. El muchacho asintió, alzando un dedo en señal de silencio. Los golpes se repitieron, secos y metálicos, viajando a través de la estructura de la casa. La mente de Ismael tardó unos segundos en rastrear aquellos impactos sordos y apagados. Metal. Algo, o alguien, estaba golpeando sobre una pieza de metal en algún lugar de la casa. El sonido se repitió mecánicamente. Ismael sintió la vibración viajar bajo sus pies y sus ojos se detuvieron sobre una puerta cerrada en el pasillo que conducía a la cocina en la parte posterior.

—¿Adónde da esa puerta?

—Al sótano... —respondió Irene.

El chico se aproximó a la puerta y auscultó el interior pegando el oído a la lámina de madera. Los golpes se repitieron por enésima vez. Ismael trató de abrir, pero la manija estaba atrancada.

—¿Hay alguien ahí dentro? —gritó.

El sonido de unas pisadas ascendiendo por la escalera llegó hasta sus oídos.

—Ten cuidado —dijo Irene.

Ismael se separó de la puerta. Por un instante, la imagen del ángel emergiendo del sótano de la casa inundó su mente. Una voz quebradiza se oyó al otro lado, distante. Irene se alzó de un salto y corrió hacia la puerta.

—¿Dorian?

La voz balbuceó algo.

Irene miró a Ismael y asintió.

—Es mi hermano...

El muchacho comprobó que derribar una puerta o, en ese caso, destrozarla era una tarea bastante más compleja de lo que los seriales radiofónicos daban a entender. Pasaron unos buenos diez minutos antes de que, con la ayuda de una barra de metal que encontraron en las alacenas de la cocina, la puerta se rindiese por fin. Ismael, cubierto de sudor, se retiró unos pasos e Irene dio el tirón de gracia. La cerradura, un amasijo de astillas de madera emergiendo del mecanismo herrumbroso y trabado, cayó al suelo. A ojos del chico, parecía un erizo.

Un segundo después, un muchacho de complexión pálida emergió de la oscuridad. Su rostro estaba atenazado en una máscara de terror y sus manos temblaban. Dorian se cobijó en los brazos de su hermana, como un animal asustado. Irene dirigió una mirada a Ismael. Fuera lo que fuese lo que el muchacho había visto, había hecho mella en él. Irene se arrodilló frente a él y le limpió el rostro manchado de suciedad y lágrimas secas.

—¿Estás bien, Dorian? —le preguntó con calma, palpando el cuerpo del chico en busca de heridas o fracturas.

Dorian asintió repetidamente.

—¿Dónde está mamá?

El muchacho alzó la mirada. Sus ojos estaban estancados de terror.

—Dorian, es importante. ¿Dónde está mamá?

—Se la llevó... —balbuceó él.

Ismael se preguntó cuánto tiempo llevaría atrapado allí abajo, en la oscuridad.

—Se la llevó... —repitió Dorian, como si estuviese bajo los efectos de un influjo hipnótico.

—¿Quién se la ha llevado, Dorian? —preguntó Irene con fría serenidad—. ¿Quién se ha llevado a mamá?

Dorian les dirigió una mirada a ambos y sonrió débilmente, como si la pregunta que le formulaban fuese absurda.

—La sombra... —respondió—. La sombra se la llevó.

Las miradas de Ismael e Irene se encontraron.

Ella respiró profundamente y puso las manos sobre los brazos de su hermano.

—Dorian, voy a pedirte que hagas algo que es muy importante. ¿Me comprendes?

Él asintió.

—Necesito que vayas corriendo al pueblo, a la gendarmería, y que le digas al comisario que un accidente terrible ha ocurrido en Cravenmoore. Que mamá está allí, herida. Que vengan cuanto antes. ¿Me has comprendido?

Dorian la observó, desconcertado.

—No menciones la sombra. Di sólo lo que yo te he dicho. Es muy importante... Si lo haces, nadie te creerá.Menciona sólo un accidente.

Ismael asintió.

—Necesito que hagas esto por mí, y por mamá. ¿Podrás hacerlo?

Dorian miró a Ismael y luego a su hermana.

—Mamá ha tenido un accidente y está herida en Cravenmoore. Necesita ayuda urgente —repitió el muchacho mecánicamente—. Pero ella está bien..., ¿no?

Irene le sonrió y lo abrazó.

—Te quiero —le susurró.

Dorian besó a su hermana en la mejilla y, tras dirigir un saludo de camarada a Ismael, echó a correr en busca de su bicicleta. La encontró junto a la barandilla del porche. El obsequio de Lazarus había quedado reducido a una red de alambres y metal retorcido. El muchacho contempló los restos de su bicicleta mientras Ismael e Irene salían de la casa y reparaban en el macabro hallazgo.

—¿Quién es capaz de hacer algo así? —preguntó Dorian.

—Es mejor que te des prisa, Dorian —le recordó Irene.

Él asintió y partió a escape. Tan pronto como hubo desaparecido, Irene e Ismael salieron al porche. El sol se ponía sobre la bahía, trazando un globo de tinieblas que sangraba entre las nubes y teñía el mar de escarlata. Ambos se miraron y, sin necesidad de palabras, comprendieron lo que les esperaba en el corazón de la oscuridad, más allá del bosque.

12. DOPPELGÄNGER

Nunca hubo una novia más bella al pie de un altar, ni la habrá jamás —dijo la máscara—. Nunca.

Simone podía oír el llanto silencioso de las velas ardiendo en la penumbra y, más allá de aquellos muros, el susurro del viento arañando el bosque de gárgolas que coronaba Cravenmoore. La voz de la noche.

—La luz que Alexandra trajo a mi vida borró cuantos recuerdos y miserias habían poblado mi memoria desde la infancia. Aún hoy, pienso que pocos mortales llegan a conocer ese umbral de felicidad, de paz. De algún modo dejé de ser aquel muchacho del distrito más mísero de París. Olvidé aquellos largos encierros en la oscuridad. Dejé atrás para siempre aquel sótano negro donde siempre creía oír voces, donde la voz de mis remordimientos me decía que vivía aquella sombra a la que la enfermedad de mi madre había abierto una puerta desde los infiernos. Olvidé aquella pesadilla que me persiguió durante años... En ella, una escalera descendía desde las profundidades del sótano de nuestra casa en la rue des Gobelins hasta las cuevas de la laguna Estigia. Todo aquello quedó atrás. ¿Y sabe usted por qué? Porque Alexandra Alma Maltisse, el verdadero ángel en mi vida, me enseñó que, en contra de lo que mi madre me había repetido desde que tuve uso de razón, yo no era malo. ¿Comprende, Simone? No era malo. Era como los demás, como cualquier otro. Era inocente.

La voz de Lazarus se detuvo un instante. Simone imaginó lágrimas deslizándose en silencio tras la máscara.

—Juntos exploramos Cravenmoore. Muchas personas piensan que todos los prodigios que contiene esta casa son creación mía. No es cierto. Apenas una pequeña parte ha salido de mis manos. El resto, galerías y galerías de maravillas que ni yo mismo acierto a comprender, ya estaba aquí cuando entré por primera vez. Cuánto tiempo llevaban en esta casa nunca lo sabré. Hubo una época en que pensé que otros antes que yo habían ocupado mi lugar. A veces, si me detengo a escuchar en silencio por la noche, creo oír el eco de otras voces, de otros pasos, que pueblan los pasillos de este palacio. En ocasiones pienso que el tiempo se ha detenido en cada habitación, en cada corredor vacío, y que todas las criaturas que habitan este lugar fueron un día de carne y hueso. Como yo.

»Dejé de preocuparme por esos misterios hace mucho tiempo, incluso después de comprobar que, tras meses de vivir en Cravenmoore, aún descubría nuevas estancias en las que no había estado jamás, nuevos pasadizos que conducían a alas desconocidas... Creo que algunos lugares, palacios milenarios que se pueden contar con los dedos de una mano, son mucho más que una simple construcción; están vivos. Tienen su propia alma y su propio modo de comunicarse con nosotros. Cravenmoore es uno de esos lugares. Nadie sabe cuándo fue construido. Ni quién lo hizo, ni por qué. Pero cuando esta casa me habla, yo escucho...

»Antes del verano de 1916, en la cúspide de nuestra felicidad, sucedió algo. En realidad, había comenzado ya un año antes, sin que yo tuviese conocimiento de ello. Al día siguiente de nuestra boda, Alexandra se levantó al alba y acudió a la gran sala oval para contemplar los cientos de regalos que habíamos recibido. De entre todos ellos, llamó su atención un pequeño cofre labrado a mano. Una joya. Alexandra, cautivada, lo abrió. Contenía una nota y un frasco de cristal. La nota, dirigida a ella, le decía que aquél era un obsequio especial. Una sorpresa. Le explicaba que el frasco contenía mi perfume predilecto, el perfume que empleaba mi madre, y que debía guardarlo hasta el día de nuestro primer aniversario antes de usarlo. Pero tenía que ser un secreto entre ella y el firmante, un viejo amigo de mi infancia, Daniel Hoffmann...

»Siguiendo fielmente las instrucciones, con el convencimiento de que de ese modo me haría feliz, Alexandra guardó el frasco durante doce meses hasta la fecha señalada. Llegado el día, lo rescató del cofre y lo abrió. No hace falta decirle que aquel frasco no contenía perfume alguno. Aquél era el frasco que yo había lanzado al mar en la víspera de nuestro enlace. Desde el instante en que Alexandra destapó el frasco, nuestra vida se convirtió en una pesadilla...

»Fue por entonces cuando empecé a recibir la correspondencia de Daniel Hoffmann. Esta vez me escribía desde Berlín, donde me explicaba que tenía una gran labor por delante que algún día habría de cambiar el mundo. Millones de niños estaban recibiendo sus visitas y sus obsequios. Millones de niños que algún día formarían el mayor ejército que haya conocido la Historia. Hasta la fecha, todavía no he comprendido a qué hacía referencia con esas palabras...

»En uno de sus primeros envíos, me obsequió con un libro, un tomo encuadernado en piel que parecía más viejo que el mismo mundo. Una sola palabra se podía leer en su cubierta: *Doppelgänger*. ¿Ha oído usted hablar del *Doppelgänger*, querida amiga? Por supuesto que no. Las leyendas y los viejos trucos de magia no interesan ya a nadie. Es un término de origen germánico; designa a la sombra que se desprende de su dueño y se vuelve en su contra. Pero eso, por supuesto, no es más que el principio. Así lo fue para mí. Para su información, le diré que en esencia el libro era un manual acerca de las sombras. Una pieza de museo. Cuando empecé su lectura, ya era tarde. Algo crecía oculto, amparado en la oscuridad de esta casa; mes a mes, como el huevo de una serpiente que espera el momento de eclosionar.

»En mayo de 1916, algo me empezó a suceder. La luminosidad de aquel primer año con Alexandra se extinguió lentamente. Comencé a sospechar de la existencia de la sombra poco después. Cuando lo hice, sin embargo, ya no tenía remedio. Los primeros ataques no pasaron de ser sustos. Las ropas de Alexandra aparecían destrozadas. Las puertas se cerraban a su paso y manos invisibles empujaban objetos contra ella. Voces en la oscuridad. Apenas el principio...

»Esta casa tiene miles de rincones donde una sombra puede ocultarse. Comprendí entonces que no era más que el alma de su creador, de Daniel Hoffmann, y que la sombra crecería en ella, haciéndose más fuerte día a día. Y yo, por el contrario, me transformaría en un ser más débil. Toda la fuerza que había en mí pasaría a ser suya y, lentamente, mientras caminaba de vuelta a la oscuridad de mi infancia en Les Gobelins, yo pasaría a ser la sombra, y él, el maestro.

»Decidí cerrar la fábrica de juguetes y concentrarme en mi vieja obsesión. Quise volver a dar vida a *Gabriel*, aquel ángel de la guarda que me había protegido en París. En mi regreso a la infancia, creía que, si era capaz de volver a darle vida, él nos protegería a mí y a Alexandra de la sombra. Fue así como diseñé la criatura mecánica más poderosa que jamás hubiera soñado. Un coloso de acero. Un ángel para liberarme de mi pesadilla.

»¡Pobre ingenuo! Tan pronto aquel monstruoso ser fue capaz de levantarse de la mesa de mi taller, cualquier fantasía de obediencia que podía haber albergado se esfumó. No era a mí a quien escuchaba, sino al otro. A su maestro. Y él, la sombra, no podía existir sin mí, pues yo era la fuente de la que absorbía toda su fuerza. No sólo el ángel no me liberó de aquella vida miserable, sino que se transformó en el peor de los guardianes. El guardián de aquel secreto terrible que me condenaba para siempre, un guardián que se levantaría cada vez que algo o alguien pusiera en peligro ese secreto. Sin piedad.

»Los ataques a Alexandra se recrudecieron. La sombra era ahora más fuerte y su amenaza crecía día a día. Había decidido castigarme a través del sufrimiento de mi esposa. Había entregado a Alexandra un corazón que ya no me pertenecía.Aquel error habría de ser nuestra perdición.Cuando estaba a punto de perder la razón, comprobé que la sombra sólo actuaba cuando yo estaba en las inmediaciones.No podía vivir lejos de mí. Por este motivo, decidí abandonar Cravenmoore y refugiarme en la isla del faro. A nadie podía dañar allí. Si alguien tenía que pagar el precio de mi traición, ése era yo. Pero subestimé la fortaleza de Alexandra. Su amor por mí. Superando el terror y la amenaza a su vida, acudió en mi auxilio la noche del baile de máscaras. Tan pronto el velero en el que surcaba la bahía se aproximó al islote, la sombra cayó sobre ella y la arrastró a las profundidades. Aún puedo oír su risa en la oscuridad cuando emergió de entre las olas. Al día siguiente, volvió a refugiarse en aquel frasco de cristal. Durante los próximos veinte años no volví a verla...

Simone se alzó temblando de la silla y retrocedió paso a paso hasta que su espalda topó con la pared de la habitación. No podía seguir escuchando una sola palabra de los labios de aquel hombre, de aquel... enfermo. Sólo una cosa la mantenía en pie y le impedía rendirse al pánico que le inspiraba aquella figura enmascarada una vez escuchado su relato: la ira.

—Amiga mía, no, no... No cometa ese error... ¿No comprende qué es lo que sucede? Cuando usted y su familia llegaron aquí, no pude evitar que mi corazón se fijase en usted. No lo hice conscientemente. Ni siquiera me di cuenta de lo que estaba sucediendo hasta que fue demasiado tarde. Traté de apagar ese hechizo construyendo una máquina a su imagen y semejanza...

—¿Qué?

—Creí... Al poco tiempo de que su presencia volviese a dar vida a esta casa, la sombra que había permanecido veinte años de nuevo dormida en aquel frasco maldito despertó de su limbo. No tardó en encontrar una víctima propicia para liberarla de nuevo...

—Hannah...—murmuró Simone.

—Sé lo que ahora debe de sentir y pensar, créame. Pero no hay escapatoria posible. He hecho cuanto he podido... Debe creerme...

La máscara se incorporó y caminó hacia ella.

—¡No se acerque ni un paso más! —estalló Simone.

Lazarus se detuvo.

—No quiero hacerle daño, Simone. Soy su amigo. No me dé la espalda.

Ella sintió una oleada de odio que nacía en lo más profundo de su espíritu.

—Usted asesinó a Hannah...

—Simone...

—¿Dónde están mis hijos?

—Ellos han elegido su propio destino...

Un puñal de hielo le desgarró el alma.

—¿Qué... qué ha hecho con ellos?

Lazarus alzó las manos enguantadas.

—Han muerto...

Antes de que Lazarus pudiese finalizar sus palabras, Simone dejó escapar un alarido de furia y, asiendo uno de los candelabros de la mesa, se lanzó contra el hombre que tenía enfrente. La base del candelabro se estrelló con toda su fuerza en el centro de la máscara. El rostro de porcelana se rompió en mil pedazos y el candelabro se precipitó hacia la penumbra. No había nada allí.

Simone, paralizada, concentró los ojos en la masa negra que flotaba frente a ella. La silueta se despojó de los guantes blancos, desvelando únicamente oscuridad. Sólo entonces Simone pudo advertir aquel rostro demoníaco formarse frente a ella, una nube de sombras que adquiría lentamente volumen y siseaba como una serpiente, furiosa. Un alarido infernal rasgó sus oídos, un aullido que extinguió cada una de las llamas que ardían en la habitación. Por primera y última vez, Simone oyó la verdadera voz de la sombra. Después, las garras la atraparon y la arrastraron hacia la oscuridad.

A medida que se adentraban en el bosque, Ismael e Irene advirtieron que la tenue neblina que cubría la maleza se iba transformando paulatinamente en un manto de claridad incandescente. La niebla absorbía las luces parpadeantes de Cravenmoore y las expandía en un espejismo espectral, una verdadera selva de vapor áureo. Tan pronto rebasaron el umbral del bosque, la explicación de aquel extraño fenómeno se reveló desconcertante y, de algún modo, amenazadora. Todas las luces de la mansión brillaban con gran intensidad tras los ventanales, confiriendo a la gigantesca estructura la apariencia de un buque fantasmal alzándose de las profundidades.

Los dos muchachos se detuvieron frente a las compuertas de lanzas que franqueaban el paso hasta el jardín, contemplando aquella visión hipnótica. Envuelta en aquel manto de luz, la silueta de Cravenmoore parecía todavía más siniestra que en la oscuridad. Los rostros de decenas de gárgolas afloraban ahora como centinelas de pesadilla. Pero no fue esa visión la que detuvo sus pasos. Algo más flotaba en el aire, una presencia invisible e infinitamente más escalofriante. Los sonidos de decenas, de cientos de autómatas moviéndose y desplazándose en el interior de la mansión se filtraban en el viento; la música disonante de un tiovivo y las risas mecánicas de una jauría de criaturas ocultas en aquel lugar.

Ismael e Irene escucharon paralizados la voz de Cravenmoore durante unos segundos, rastreando el origen de aquella cacofonía infernal hasta la gran puerta principal. La entrada, ahora abierta de par en par, escupía un vaho de luz dorada tras el cual las sombras palpitaban y danzaban al son de aquella melodía que helaba la sangre. Irene apretó instintivamente la mano de Ismael y el muchacho le dirigió una mirada impenetrable.

—¿Estás segura de querer entrar ahí? —preguntó él.

La silueta de una bailarina rotando sobre sí misma se recortó en una de las ventanas. Irene desvió la mirada.

—No tienes por qué venir conmigo. Al fin y al cabo, es mi madre...

—Es una oferta tentadora. No me la repitas dos veces —dijo Ismael.

—De acuerdo —asintió Irene—. Y pase lo que pase...

—Pase lo que pase.

Apartando de su mente las risas, la música, las luces y el macabro desfile de siluetas que poblaba aquel lugar, los dos muchachos enfilaron la escalinata de Cravenmoore. Tan pronto sintió el espíritu de la casa envolviéndolos, Ismael comprendió que cuanto habían visto hasta ahora no era más que el prólogo. El ángel y las demás máquinas de Lazarus no eran lo que lo asustaba. Había algo en aquella casa. Una presencia palpable y poderosa. Una presencia que destilaba odio y rabia. Y, de algún modo, Ismael supo que los estaba esperando.

Dorian golpeó una y otra vez la puerta de la gendarmería. El muchacho estaba sin aliento y sus piernas parecían a punto de derretirse. Había corrido como un poseso a través del bosque, hasta la Playa del Inglés, y después a lo largo de la interminable carretera que bordeaba la bahía hasta el pueblo, mientras el sol se ocultaba en el horizonte. No había parado ni un segundo, consciente de que, si se detenía, no volvería a dar un paso en diez años. Un solo pensamiento lo impulsaba hacia adelante: la imagen de aquella forma espectral portando a su madre hacia las tinieblas. Le bastaba recordarla para correr hasta el fin del mundo.

Cuando la puerta de la gendarmería se abrió finalmente, la oronda silueta del agente Jobart se adelantó dos pasos al frente. Los ojos diminutos del gendarme examinaron al muchacho, que parecía que fuera a desplomarse allí mismo. Dorian creyó estar observando a un rinoceronte. El gendarme ofreció una sonrisa sardónica y, hundiendo profesionalmente los pulgares en los bolsillos del uniforme, blandió su mueca de qué-horas-son-éstas-de-molestar. Dorian suspiró y trató de tragar saliva, pero no le quedaba una gota.

—¿Y bien? —escupió Jobart.

—Agua...

—Esto no es un bar, camarada Sauvelle.

La fina muestra de ironía probablemente pretendía evidenciar las envidiables dotes de reconocimiento e instinto de sabueso del paquidérmico policía. Con todo, Jobart dejó pasar al muchacho y procedió a servirle un vaso de agua de la cisterna. Dorian jamás hubiera sospechado que el agua pudiese ser tan deliciosa.

—Más.

Jobart le tendió otro vaso, esta vez ofreciéndole su mirada de Sherlock Holmes.

—De nada.

Dorian apuró hasta la última gota y se encaró al policía. Las instrucciones de Irene saltaron a su memoria, frescas y sin mácula.

—Mi madre ha tenido un accidente y está herida. Es grave. En Cravenmoore.

Jobart necesitó unos segundos para procesar tanta información.

—¿Qué tipo de accidente? —inquirió con tono de fino observador.

—¡Muévase! —estalló Dorian.

—Estoy solo. No puedo dejar el puesto.

El chico suspiró. De entre todos los cretinos que había en el planeta había ido a dar con un ejemplar de museo.

—¡Llame por radio! ¡Haga algo! ¡Ahora!

El tono y la mirada de Dorian desprendieron cierta alarma capaz de hacer que Jobart desplazase su considerable trasero hacia la radio y conectase el aparato. Por un instante se volvió a mirar al muchacho, con aire de sospecha.

—¡Llame! ¡Ya! —gritó Dorian.

Lazarus recuperó el sentido bruscamente, notando un dolor punzante en la nuca. Se llevó la mano hasta ese punto y palpó la herida abierta. Recordó vagamente el rostro de Christian en el pasillo del ala oeste. El autómata le había golpeado y lo había arrastrado hasta este lugar. Lazarus miró a su alrededor. Se encontraba en una de las habitaciones sin utilizar que poblaban Cravenmoore.

Lentamente, se incorporó y trató de poner en orden sus pensamientos. Un profundo cansancio le asaltó tan pronto se sostuvo sobre sus pies. Cerró los ojos y respiró profundamente. Al abrirlos, reparó en un pequeño espejo que pendía de una de las paredes. Se acercó a él y examinó su propio reflejo.

Luego, aproximándose hasta una diminuta ventana que daba a la fachada principal, observó cómo dos figuras cruzaban el jardín en dirección a la puerta principal.

Irene e Ismael franquearon el umbral de la puerta y penetraron en el haz de luz que emergía de las profundidades de la casa. El eco del tiovivo y el traqueteo metálico de miles de engranajes devueltos a la vida caló en ellos como un aliento helado. Cientos de diminutos mecanismos se movían en los muros. Un mundo de criaturas imposibles se agitaba en las vitrinas, en los móviles suspendidos en el aire. Resultaba imposible dirigir la vista a cualquier punto y no encontrar una de las creaciones de Lazarus en movimiento. Relojes con rostro, muñecos que caminaban como sonámbulos, rostros fantasmales que sonreían como lobos hambrientos...

—Esta vez no te separes de mí —dijo Irene.

—No pensaba hacerlo —replicó Ismael, abrumado por aquel mundo de seres que latían a su alrededor.

Apenas habían recorrido un par de metros cuando la puerta principal se cerró con fuerza a sus espaldas. Irene gritó y se aferró al chico. La silueta de un hombre gigantesco se alzó frente a ellos. Su rostro estaba cubierto por una máscara que representaba un payaso demoníaco. Dos pupilas verdes se expandieron tras la máscara. Los muchachos retrocedieron ante el avance de aquella aparición. Un cuchillo brilló en sus manos. La imagen de aquel mayordomo mecánico que les había abierto la puerta en su primera visita a Cravenmoore golpeó a Irene. *Christian*. Ése era su nombre. El autómata alzó el cuchillo en el aire.

—¡*Christian*, no! —gritó Irene—. ¡No!

El mayordomo se detuvo. El cuchillo cayó de sus manos. Ismael miró a la chica sin comprender nada. La figura, inmóvil, los observaba.

—Rápido —instó la muchacha, adentrándose en la casa.

Ismael corrió tras ella, no sin antes recoger el cuchillo que *Christian* había soltado. Alcanzó a Irene bajo la fuga vertical que ascendía hacia la cúpula. La joven miró alrededor y trató de orientarse.

—¿Dónde ahora? —preguntó Ismael, sin dejar de vigilar a su espalda.

Ella dudó, incapaz de optar por un camino a través del cual adentrarse en el laberinto de Cravenmoore.

Súbitamente, un golpe de aire frío los sacudió desde uno de los corredores y el sonido metálico de una voz cavernosa llegó hasta sus oídos.

—Irene... —susurró la voz.

Los nervios de la muchacha se trabaron en una red de hielo. La voz llegó de nuevo. Irene clavó los ojos en el extremo del corredor. Ismael siguió su mirada y la vio. Flotando sobre el suelo, envuelta en un manto de neblina, Simone avanzaba hacia ellos con los brazos extendidos. Un brillo diabólico bailaba en sus ojos. Unas fauces surcadas de colmillos acerados asomaron tras sus labios apergaminados.

—Mamá —gimió Irene.

—Ésa no es tu madre... —dijo Ismael, apartando a la chica de la trayectoria de aquel ser.

La luz golpeó aquel rostro y lo desveló en todo su horror. Ismael se abalanzó sobre Irene para esquivar las garras del autómata. La criatura giró sobre sí misma y se les encaró de nuevo. Tan sólo medio rostro se había completado. La otra mitad no era más que una máscara de metal.

—Es el muñeco que vimos. No es tu madre —dijo el muchacho, que trataba de arrancar a su amiga del trance en que la visión la había sumido—. Esa cosa los mueve como si fuesen marionetas...

El mecanismo que sostenía al autómata dejó escapar un chasquido. Ismael pudo ver cómo las garras viajaban hacia ellos de nuevo, a toda velocidad. El muchacho cogió a Irene y se lanzó a la fuga sin saber a ciencia cierta hacia adónde se dirigía. Corrieron tan rápidamente como se lo permitieron sus piernas a través de una galería flanqueada por puertas que se abrían a su paso y siluetas que se descolgaban del techo.

—¡Rápido! —gritó Ismael, oyendo el martilleo de los cables de suspensión a sus espaldas.

Irene se volvió a mirar atrás. Las fauces caninas de aquella monstruosa réplica de su madre se cerraron a veinte centímetros de su rostro. Las cinco agujas de sus garras se lanzaron sobre su rostro. Ismael tiró de ella y la empujó al interior de lo que parecía una gran sala en la penumbra.

La chica cayó de bruces sobre el suelo y él cerró la puerta a su espalda. Las garras del autómata se clavaron sobre la puerta, puntas de flecha letales.

—Dios mío... —suspiró—. Otra vez no...

Irene alzó la vista; su piel del color del papel.

—¿Estás bien? —le preguntó Ismael.

La muchacha asintió vagamente para luego mirar a su alrededor. Paredes de libros ascendían hacia el infinito. Miles y miles de volúmenes formaban una espiral babilónica, un laberinto de escaleras y pasadizos.

—Estamos en la biblioteca de Lazarus.

—Pues espero que tenga otra salida, porque no pienso volver a mirar ahí detrás... —dijo Ismael señalando a su espalda.

—Debe de haberla. Creo que sí, pero no sé dónde está —dijo ella, aproximándose al centro de la gran sala mientras el chico trababa la puerta con una silla.

Si aquella defensa resistía más de dos minutos, se dijo, empezaría a creer en los milagros a pies juntillas. La voz de Irene murmuró algo a su espalda. El muchacho se volvió y la vio junto a una mesa de lectura, examinando un libro de aspecto centenario.

—Hay algo aquí —dijo ella.

Un oscuro presentimiento se despertó en él.

—Deja ese libro.

—¿Por qué? —preguntó Irene, sin comprender.

—Déjalo.

La joven cerró el volumen e hizo lo que su amigo le indicaba. Las letras doradas sobre la cubierta brillaron a la lumbre de la hoguera que caldeaba la biblioteca: *Doppelgänger*.

Irene apenas se había alejado unos pasos del escritorio cuando sintió que una intensa vibración atravesaba la sala bajo sus pies. Las llamas de la hoguera palidecieron y algunos de los tomos en las interminables hileras de estanterías empezaron a temblar. La muchacha corrió hasta Ismael.

—¿Qué demonios...? —dijo él, percibiendo también aquel intenso rumor que parecía provenir de lo más profundo de la casa.

En ese momento, el libro que Irene había dejado sobre el escritorio se abrió violentamente de par en par. Las llamas de la hoguera se extinguieron, aniquiladas por un aliento gélido. Ismael rodeó a la joven con sus brazos y la apretó contra sí. Algunos libros empezaron a precipitarse al vacío desde las alturas, impulsados por manos invisibles.

—Hay alguien más aquí —susurró Irene—. Puedo sentirlo...

Las páginas del libro empezaron a volverse lentamente al viento, una tras otra. Ismael contempló las láminas del viejo volumen, que brillaban con luz propia, y advirtió por primera vez cómo las letras parecían evaporarse una a una, formando una nube de gas negro que adquiría forma sobre el libro. Aquella silueta informe fue absorbiendo palabra a palabra, frase a frase.

La forma, más densa ahora, le hizo pensar en un espectro de tinta negra suspendido en el vacío.

La nube de negrura se expandió y las formas de unas manos, unos brazos y un tronco se esculpieron de la nada. Un rostro impenetrable emergió de la sombra.

Ismael e Irene, paralizados por el terror, contemplaron electrizados aquella aparición y cómo, alrededor de ella, otras formas, otras sombras cobraban vida de entre las páginas de aquellos libros caídos. Lentamente, un ejército de sombras se desplegó ante sus ojos incrédulos. Sombras de niños, de ancianos, de damas ataviadas con extrañas galas... Todos ellos parecían espíritus atrapados, demasiado débiles para adquirir consistencia y volumen. Rostros en agonía, aletargados y desprovistos de voluntad. Al contemplarlos, Irene sintió que se encontraba frente a las almas perdidas de decenas de seres atrapados en un terrible maleficio. Los vio extender sus manos hacia ellos, suplicando ayuda, pero sus dedos se escindían en espejismos de vapor. Podía sentir el horror de su pesadilla, del sueño negro que los atenazaba.

Durante los escasos segundos que duró aquella visión, se preguntó quiénes eran y cómo habían llegado hasta allí. ¿Habían sido alguna vez incautos visitantes de aquel lugar, como ella misma? Por un instante esperó reconocer a su madre entre aquellos espíritus malditos, hijos de la noche. Pero, a un simple gesto de la sombra, sus cuerpos vaporosos se fundieron en un torbellino de oscuridad que atravesó la sala.

La sombra abrió sus fauces y absorbió todas y cada una de esas almas, arrancándoles la poca fuerza que todavía vivía en ellas. Un silencio mortal siguió a su desaparición. Luego, la sombra abrió los ojos y su mirada proyectó un halo sangrante en la tiniebla.

Irene quiso gritar, pero su voz se perdió en el estruendo brutal que sacudió Cravenmoore. Una a una, todas las ventanas y las puertas de la casa se estaban sellando como lápidas. Ismael oyó aquel eco cavernoso recorrer los cientos de galerías de Cravenmoore, y sintió que sus esperanzas de salir de aquel lugar con vida se evaporaban en la oscuridad.

Tan sólo un resquicio de claridad trazaba una aguja de luz a través de la bóveda del techo, una cuerda floja de luz suspendida en lo alto de aquella siniestra carpa circense. La luz se grabó en la mirada de Ismael, y el muchacho, sin esperar un segundo más, asió la mano de Irene y la condujo hacia el extremo de la sala, a tientas.

—Quizá la otra salida esté ahí —susurró.

Irene siguió la trayectoria que señalaba el índice del chico. Sus ojos reconocieron el filamento de luz, que parecía emerger del orificio de una cerradura. La biblioteca estaba organizada en óvalos concéntricos recorridos por un estrecho pasillo que ascendía en espiral por la pared y hacía las veces de distribuidor a las diferentes galerías que partían de él. Simone le había hablado de ello, comentándole aquel capricho arquitectónico: si alguien seguía aquel corredor hasta el fin, llegaba casi hasta el tercer piso de la mansión. Una suerte de torre de Babel de puertas adentro, imaginó. Esta vez fue ella quien guió a Ismael hasta el corredor y, una vez en él, se apresuró a ascender.

—¿Sabes adónde vas? —preguntó el muchacho.

—Confía en mí.

Ismael corrió tras ella, sintiendo cómo el suelo ascendía lentamente bajo sus pies a medida que se adentraban en el corredor. Una fría corriente de aire le acarició la nuca e Ismael observó la espesa mancha negra que se esparcía sobre el suelo a su espalda. La sombra tenía una textura casi sólida, y sólo su contorno parecía fundirse con la oscuridad. La mancha espectral se desplazaba como una lámina de aceite, espeso y brillante.

Al cabo de unos segundos, aquel ente de negrura líquida se extendió bajo sus pies. Ismael sintió un espasmo gélido, similar al de caminar en aguas heladas.

—¡Rápido! —exclamó.

El origen de la línea de luz nacía, tal como habían supuesto, en la cerradura de una puerta que apenas se encontraba a media docena de metros de ellos. Ismael apretó el paso y consiguió rebasar el rastro de la sombra bajo sus pies por unos instantes. Las probabilidades de que aquella puerta estuviese abierta se le antojaban nulas. De poco les serviría alcanzar la puerta si ésta no conducía a ninguna parte.

Irene palpó la cerradura en la penumbra, en busca de un resorte que le permitiese abrirla. El muchacho se volvió para comprobar dónde se encontraba la sombra y sus ojos descubrieron el manto de azabache que se alzaba frente a él, una escultura de gas espeso que adquiría forma lentamente. Un rostro de alquitrán se materializó. Un rostro familiar.

Ismael creyó que sus ojos le estaban engañando y parpadeó. El rostro seguía allí. El suyo propio.

Su oscuro reflejo le sonrió malévolamente y una lengua de reptil asomó entre los labios. Instintivamente, Ismael extrajo el cuchillo que había arrebatado al autómata del vestíbulo y lo blandió frente a la sombra. La silueta escupió su gélido aliento sobre el arma y una red de escarcha y astillas de hielo ascendió desde la punta del filo hasta la empuñadura. El metal congelado le transmitió una fuerte sensación de quemazón en la palma de la mano. El frío, un frío intenso, quemaba tanto o más que el fuego.

Ismael estuvo a punto de soltar el arma, pero resistió el espasmo muscular que le agarrotó el antebrazo y trató de hundir la hoja del cuchillo en el rostro de la sombra. La lengua se desprendió de ella al contacto con el filo y cayó sobre uno de sus pies. Instantáneamente, la pequeña masa negra le rodeó el tobillo como una segunda piel y empezó a ascender lentamente. El contacto viscoso y helado de aquella materia le provocó náuseas.

En ese momento, oyó el crujido de la cerradura con la que Irene estaba forcejeando a su espalda y un túnel de luz se abrió ante ellos. La chica corrió hacia el otro lado de la puerta e Ismael la siguió, cerrando de nuevo la puerta y dejando a su perseguidor al otro lado. La porción desprendida de la sombra trepó por su muslo y adquirió la forma de una gran araña. Una punzada de dolor le sacudió la pierna. Ismael gritó e Irene trató de expulsar aquel monstruoso arácnido. La araña se volvió contra la muchacha y saltó sobre ella. Irene dejó escapar un alarido de terror.

—¡Quítamela!

Ismael, desconcertado, miró a su alrededor y descubrió cuál era la fuente de luz que los había guiado. Una hilera de velas se perdía en la penumbra, en una procesión fantasmal.

El chico agarró una de las velas y acercó la llama a la araña, que buscaba la garganta de Irene. Al simple contacto con el fuego, aquel ser profirió un siseo de rabia y dolor y se descompuso en una lluvia de gotas negras que cayeron al suelo. Ismael soltó la vela y apartó a Irene del alcance de aquellos fragmentos. Las gotas se deslizaron gelatinosamente sobre el suelo y se unieron en un solo cuerpo que reptó hasta la puerta y se filtró de vuelta al otro lado.

—El fuego. El fuego le asusta... —dijo Irene.

—Pues eso es lo que vamos a darle.

Ismael recogió la vela y la colocó al pie de la puerta mientras Irene echaba un vistazo a la estancia en la que se encontraban. El lugar parecía más una antesala semidesnuda, sin muebles, y cubierta por décadas de polvo. Probablemente, aquella cámara había servido en algún tiempo como almacén o depósito adicional a la biblioteca. Un análisis más atento, sin embargo, revelaba formas sobre el techo. Pequeñas tuberías. Irene tomó una de las velas y, alzándola sobre su cabeza, examinó la sala. El brillo de azulejos y mosaicos sobre los muros se encendió a la llama de la vela.

—¿Dónde diablos estamos? —preguntó Ismael.

—No lo sé... Parecen, parecen unas duchas...

La lumbre de la vela reveló los aspersores metálicos, redes de cientos de orificios en forma de campana que pendían de las cañerías. Las bocas estaban herrumbrosas y tramadas de una ciudadela de telarañas.

—Sea lo que sea, hace siglos que nadie las...

No había acabado de pronunciar esta frase cuando se oyó un quejido metálico, el sonido inconfundible de un grifo oxidado que giraba. Allí dentro, junto a ellos.

Irene apuntó la vela hacia la pared de azulejos y ambos vieron cómo dos llaves de paso estaban girando lentamente.

Una profunda vibración recorría los muros. Luego, tras unos segundos de silencio, los dos muchachos pudieron rastrear aquel sonido, el sonido de algo que se arrastraba a través de las tuberías, sobre sus cabezas. Algo se estaba abriendo camino en las estrechas cañerías.

—¡Está aquí! —gritó Irene.

Él asintió, sin apartar los ojos de los aspersores. En cuestión de segundos, una masa impenetrable empezó a filtrarse lentamente a través de los orificios. Irene e Ismael retrocedieron despacio, sin apartar la vista de la sombra que se formaba poco a poco frente a ellos, como las partículas de un reloj de arena forman una montaña al caer.

Dos ojos se dibujaron en la oscuridad. El rostro de Lazarus, afable, les sonrió. Una visión tranquilizadora, de no haber sabido antes que aquello que tenían frente a sí no era Lazarus. Irene avanzó un paso hacia él.

—¿Dónde está mi madre? —preguntó, desafiante.

Una voz profunda, inhumana, se dejó oír.

—Está conmigo.

—Apártate de él —dijo Ismael.

La sombra clavó sus ojos en él y el muchacho pareció entrar en trance. Irene sacudió a su amigo y quiso apartarlo de la sombra, pero él permanecía bajo el influjo de aquella presencia, incapaz de reaccionar. La chica se interpuso entre ambos y abofeteó a Ismael, lo que consiguió arrancarlo de aquel estado. El rostro de la sombra se descompuso en una máscara de rabia, y dos largos brazos se extendieron hacia ellos. Irene empujó a Ismael hasta la pared y trató de esquivar la presa de aquellas garras.

En ese momento, una puerta se abrió en la oscuridad y un halo de luz apareció al otro lado de la estancia. La silueta de un hombre sosteniendo un farol de aceite se recortó en el umbral.

—¡Fuera de aquí! —gritó, permitiendo a Irene reconocer su voz: era Lazarus Jann, el fabricante de juguetes.

La sombra profirió un alarido de odio y una a una las llamas de las velas se extinguieron. Lazarus avanzó hacia la sombra. Su rostro parecía el de un hombre mucho mayor de lo que Irene recordaba. Sus ojos, inyectados en sangre, acusaban un terrible cansancio, los ojos de un hombre devorado por una cruel enfermedad.

—¡Fuera de aquí! —gritó de nuevo.

La sombra dejó entrever un rostro demoníaco y se transformó en una nube de gas, filtrándose entre los resquicios del suelo, hasta escapar por una grieta en los muros.Un sonido similar al del viento azotando tras las ventanas acompañó su huida.

Lazarus permaneció observando aquella grieta por espacio de varios segundos y, finalmente, dirigió su penetrante mirada hacia ellos.

—¿Qué creéis que estáis haciendo aquí? —preguntó sin ocultar su ira.

—He venido a buscar a mi madre y no me iré sin ella —declaró Irene, sosteniendo aquella mirada intensa y escrutadora sin parpadear.

—No sabes a lo que te estás enfrentando... —dijo Lazarus—. Rápido, por aquí. No tardará en volver.

Lazarus los guió al otro lado de la puerta.

—¿Qué es eso? ¿Qué es lo que hemos visto? —preguntó Ismael.

Lazarus lo observó detenidamente.

—Soy yo. Eso que has visto soy yo...

Lazarus los condujo a través de un intrincado laberinto de túneles que parecía recorrer las entrañas de Cravenmoore, a modo de estrechos conductos paralelos a galerías y corredores. El camino estaba flanqueado por numerosas puertas cerradas a ambos lados, dobles entradas a las decenas de habitaciones y salas de la mansión. El eco de sus pasos quedaba confinado a aquel angosto pasaje, y daba la sensación de que un ejército invisible los estuviese siguiendo.

El farol de Lazarus esparcía un anillo de luz ámbar sobre los muros. Ismael observó su propia sombra y la de Irene caminar junto a ellos en la pared. Lazarus no proyectaba sombra alguna. El fabricante de juguetes se detuvo frente a una puerta alta y estrecha, y extrajo una llave con la que abrió el cerrojo. Oteó el extremo del corredor por el que habían llegado hasta allí y les indicó que entrasen.

—Por aquí —dijo nerviosamente—.No volverá aquí, al menos durante unos minutos...

Ismael e Irene intercambiaron una mirada de sospecha.

—No tenéis más alternativa que confiar en mí —añadió Lazarus, advirtiéndolos.

El muchacho suspiró y se adelantó hacia el interior de la cámara. Irene y Lazarus lo siguieron y él cerró de nuevo la puerta. La luz del farol desveló un muro cubierto por multitud de fotografías y recortes. En un extremo se apreciaba una pequeña cama y un escritorio desnudo. Lazarus dejó reposar el farol sobre el suelo y observó cómo los dos muchachos examinaban todos aquellos pedazos de papel adheridos a la pared.

—Debéis abandonar Cravenmoore mientras todavía estéis a tiempo.

Irene se volvió hacia él.

—No es a vosotros a quienes quiere —añadió el fabricante de juguetes—. Es a Simone.

—¿Por qué? ¿Qué pretende hacer con ella?

Lazarus bajó la mirada.

—Quiere destruirla. Para castigarme. Y hará lo mismo con vosotros si os interponéis en su camino.

—¿Qué significa todo eso? ¿Qué pretende decirnos? —preguntó Ismael.

—Cuanto tenía que deciros os lo he dicho ya. Debéis salir de aquí. Tarde o temprano volverá, y esta vez yo no podré hacer nada por protegeros.

—Pero ¿quién volverá?

—Lo has visto con tus propios ojos.

En ese momento, un estruendo lejano se oyó en algún lugar de la casa. Aproximándose. Irene tragó saliva y miró a Ismael. Pisadas. Una tras otra, estallando como disparos, cada vez más cerca. Lazarus sonrió débilmente.

—Ahí viene —anunció—. No os queda mucho tiempo.

—¿Dónde está mi madre? ¿Adónde la ha llevado? —exigió la muchacha.

—No lo sé, pero aunque lo supiera, de nada serviría.

—Usted construyó esa máquina con su rostro... —acusó Ismael.

—Creí que le bastaría con eso, pero quería más. La quería a ella.

Las pisadas infernales se oyeron entonces detrás de la puerta, enfilando el corredor.

—Al otro lado de esa puerta —explicó Lazarus— hay una galería que conduce a la escalera principal. Si os queda una gota de sentido común, corred hasta allí y alejaos de esta casa para siempre.

—No iremos a ninguna parte —dijo Ismael—. No sin Simone.

La puerta por la que habían entrado sufrió una fuerte sacudida. Un instante después, una lámina negra se esparció bajo el umbral de la entrada.

—Salgamos —urgió Ismael.

La sombra rodeó el farol y resquebrajó el cristal. Con una bocanada de aire helado, la llama se extinguió. Desde la oscuridad, Lazarus contempló cómo los muchachos escapaban por la otra salida. Junto a él, se alzaba una silueta negra e insondable.

—Déjalos en paz —murmuró—. Son sólo dos chicos. Déjalos marchar. Tómame a mí de una vez. ¿No es eso lo que buscas?

La sombra sonrió.

La galería en la que se encontraban cruzaba el eje central de Cravenmoore. Irene reconoció aquel enclave de corredores y guió a Ismael hasta la base de la cúpula. Las nubes en tránsito podían verse a través de las vidrieras, grandes gigantes de algodón negro que surcaban el cielo. La linterna, una suerte de émbolo que coronaba la cúspide de la cúpula, desprendía un hipnótico halo de reflejos caleidoscópicos.

—Por aquí —indicó la chica.

—Por aquí, ¿adónde? —preguntó Ismael nerviosamente.

—Creo que sé dónde la tiene.

Él echó un vistazo a su espalda. El corredor permanecía a oscuras, sin señal aparente de movimiento, aunque el muchacho comprendió que la sombra podía estar avanzando en aquella dirección sin que pudieran advertirlo.

—Espero que sepas lo que estás haciendo —dijo, ansioso por alejarse de allí cuanto antes.

—Sígueme.

Irene enfiló una de las alas que se extendía en la penumbra e Ismael la siguió. Lentamente, la claridad de la linterna se fue adormeciendo y las siluetas de las criaturas mecánicas que poblaban ambos flancos se convirtieron apenas en perfiles oscilantes. Las voces, las risas y el martilleo de los cientos de mecanismos ahogaban el sonido de sus pasos. El chico volvió la vista atrás de nuevo, escrutando la boca de aquel túnel en el que se estaban aventurando. Una bocanada de aire frío penetró en la galería. Mirando a su alrededor, Ismael reconoció las cortinas de gasa ondeando al frente, grabadas con aquella inicial que se mecía lentamente.

A

—Estoy segura de que la tiene ahí —dijo Irene.

Más allá de los cortinajes, la puerta de madera labrada se alzaba cerrada en el extremo del corredor.

Una nueva bocanada de aire frío los envolvió, agitando los visillos.

Ismael se detuvo y clavó la mirada en la negrura. El muchacho, tenso como un cable de acero, trataba de dilucidar entre la penumbra.

—¿Qué pasa? —preguntó Irene, advirtiendo el desconcierto que se había apoderado de él.

El chico despegó los labios para responder, pero se detuvo. Ella observó el corredor tras ellos. Un simple punto de luz en el extremo del túnel. El resto, tinieblas.

—Está ahí —dijo el muchacho—. Observándonos.

Irene se aferró a él.

—¿No lo sientes?

—No nos detengamos aquí, Ismael.

Él asintió, pero su pensamiento estaba en otro lugar. Irene tomó su mano y lo condujo hasta la puerta de la habitación. El chico no apartó los ojos del corredor a su espalda en todo el trayecto. Finalmente, cuando ella se detuvo frente a la entrada, ambos intercambiaron una mirada. Sin mediar palabra, Ismael posó la mano sobre el pomo y lo hizo girar lentamente. La cerradura cedió con un débil chasquido metálico y el propio peso de la gruesa lámina de madera hizo que la puerta se desplazase hacia adentro, girando sobre los goznes.

Una bruma teñida de azul evanescente velaba la habitación, apenas interrumpida por los destellos escarlatas que emanaban del fuego.

Irene avanzó unos pasos hacia el interior de la estancia. Todo estaba como lo recordaba. El gran retrato de Alma Maltisse brillaba sobre el hogar y sus reflejos se esparcían por la densa atmósfera de la cámara, insinuando los contornos de las cortinas de seda transparente que rodeaban el palanquín del lecho. Ismael cerró cuidadosamente la puerta tras ellos y siguió a Irene.

El brazo de la muchacha lo detuvo. Señaló una butaca orientada frente al fuego, de espaldas a ellos. De uno de los brazos pendía una mano pálida, caída sobre el suelo como una flor marchita.

Junto a ella brillaban los fragmentos rotos de una copa sobre una lámina de líquido, perlas candentes sobre un espejo. Irene sintió que el corazón se le aceleraba en el pecho. Soltó la mano de Ismael y se acercó paso a paso a la butaca. La claridad danzante de las llamas iluminó su rostro aletargado: Simone.

Irene se arrodilló junto a su madre y tomó su mano. Durante unos segundos fue incapaz de encontrarle el pulso.

—Dios mío...

Ismael se apresuró hasta el escritorio y cogió una pequeña bandeja de plata. Corrió hasta Simone y la colocó frente a su rostro. Una tenue nube de vaho tiñó la superficie de la placa. Irene respiró profundamente.

—Está viva —dijo Ismael, observando el rostro inconsciente de la mujer y creyendo ver en ella a una Irene madura y sabia.

—Hay que sacarla de aquí. Ayúdame.

Cada uno se apostó a un lado de Simone y, rodeándola con sus brazos, trataron de izarla de la butaca.

Apenas la habían levantado unos centímetros cuando un susurro profundo, escalofriante, se oyó en el interior de la habitación. Ambos se detuvieron y miraron a su alrededor. El fuego proyectaba múltiples visiones fugaces de sus propias sombras sobre las paredes.

—No perdamos tiempo —lo urgió Irene.

Ismael izó de nuevo a Simone, pero esta vez el sonido se oyó más próximo y sus ojos lo rastrearon. ¡La lámina del retrato! En un instante, el velo que recubría el óleo se combó en una plancha de oscuridad líquida, adquiriendo volumen y desplegando dos largos brazos acabados en garras afiladas como estiletes.

Ismael trató de retirarse, pero la sombra saltó desde la pared como un felino, trazando una trayectoria en la penumbra y posándose a su espalda. Por un segundo, lo único que el muchacho pudo ver fue su propia sombra observándolo. Después, del contorno de su propia silueta emergió otra que creció gelatinosamente hasta engullir completamente su propia sombra. El muchacho sintió que el cuerpo de Simone se le resbalaba de los brazos. Una poderosa garra de gas helado le rodeó el cuello y lo lanzó contra la pared con una fuerza incontenible.

—¡Ismael! —gritó Irene.

La sombra se volvió hacia ella. La joven corrió hacia el otro extremo de la habitación. Las sombras a sus pies se cerraron sobre ella dibujando una flor mortal. Sintió el contacto helado, estremecedor, de la sombra envolviendo su cuerpo y paralizando sus músculos. Trató de forcejear inútilmente mientras contemplaba horrorizada cómo, desde el techo, se desprendía un manto de oscuridad que tomaba la forma del rostro familiar de Hannah. La réplica espectral le dirigió una mirada de odio y los labios de vapor dejaron entrever largos colmillos húmedos y relucientes.

—Tú no eres Hannah —dijo Irene, con un hilo de voz.

La sombra la abofeteó y un corte se abrió sobre su mejilla. En un instante, las gotas de sangre que afloraban de la herida fueron absorbidas por la sombra, como si una fuerte corriente de aire las aspirase. Un espasmo de náusea la golpeó. La sombra blandió dos dedos largos y puntiagudos, como dagas, frente a sus ojos, aproximándose.

Ismael oyó aquella voz ronca y maléfica mientras se incorporaba de nuevo, aturdido por el golpe. La sombra sostenía a Irene en el centro de la habitación, dispuesta a aniquilarla. El muchacho gritó y se abalanzó contra la masa. Su cuerpo la atravesó y la sombra se escindió en miles de diminutas gotas que cayeron sobre el suelo en una lluvia de carbón líquido. Ismael levantó a Irene y la retiró del alcance de la sombra. Sobre el pavimento, los fragmentos se unieron en un torbellino que sacudió las piezas del mobiliario que la rodeaban y las propulsó hacia paredes y ventanas, convertidas en proyectiles mortales.

Ismael e Irene se tiraron al suelo. El escritorio atravesó una de las cristaleras y la pulverizó. Ismael rodó sobre Irene, cubriéndola del impacto. Cuando alzó de nuevo la vista, el torbellino de oscuridad se estaba solidificando. Dos grandes alas negras se extendieron y la sombra emergió, mayor que nunca y más poderosa. Alzó una de sus garras y mostró la palma abierta. Dos ojos y unos labios se desplegaron sobre ella.

Ismael extrajo de nuevo su cuchillo y lo blandió frente a él, situando a Irene a su espalda. La sombra se alzó y se desplazó hacia ellos. Su garra asió la hoja del cuchillo. Ismael percibió la corriente helada ascendiendo por sus dedos y su mano, paralizándole el brazo.

El arma cayó al suelo y la sombra envolvió al chico. Irene trató de asirlo en vano. La sombra conducía a Ismael hacia el fuego.

Justo entonces, la puerta de la estancia se abrió y la silueta de Lazarus Jann apareció en el umbral.

La luz espectral que emergía del bosque se reflejó sobre el parabrisas del coche de la gendarmería, que abría la formación. Tras él, el vehículo del doctor Giraud y una ambulancia reclamada del dispensario de La Rochelle cruzaban la carretera de la Playa del Inglés a toda velocidad.

Dorian, sentado junto al comisario jefe, Henri Faure, fue el primero en advertir el halo dorado que se filtraba entre los árboles. La silueta de Cravenmoore se adivinó tras el bosque, un gigantesco carrusel fantasmal entre la niebla.

El comisario frunció el ceño y observó aquella visión que jamás había contemplado en cincuenta y dos años de vida en aquel pueblo.

—¡Más de prisa! —instó Dorian.

El comisario miró al muchacho y, mientras aceleraba, empezó a preguntarse si la historia de aquel supuesto accidente tenía algo de cierta.

—¿Hay algo que no nos hayas dicho?

Dorian no respondió y se limitó a mirar al frente.

El comisario aceleró a fondo.

La sombra se volvió y, al ver a Lazarus, dejó caer a Ismael como un peso muerto. El muchacho golpeó contra el suelo con fuerza y profirió un grito ahogado de dolor. Irene corrió a socorrerlo.

—Sácalo de aquí —dijo Lazarus, avanzando lentamente hacia la sombra, que se retiraba.

Ismael notó una punzada en un hombro y gimió.

—¿Estás bien? —preguntó la muchacha.

El chico balbuceó algo incomprensible, pero se incorporó y asintió. Lazarus les dirigió una mirada impenetrable.

—Lleváosla y salid de aquí —dijo.

La sombra susurraba frente a él como una serpiente al acecho. De pronto saltó hacia el muro y el retrato la absorbió de nuevo.

—¡He dicho que os marchéis de aquí! —gritó Lazarus.

Ismael e Irene cogieron a Simone y la arrastraron hacia el umbral de la habitación. Justo antes de salir, Irene se volvió a mirar a Lazarus y vio cómo el fabricante de juguetes se acercaba al lecho protegido por los velos y los apartaba con infinita ternura. La silueta de aquella mujer se perfiló tras las cortinas.

—Espera... —murmuró Irene con el corazón en un puño.

Tenía que ser Alma. Un escalofrío le recorrió el cuerpo al advertir las lágrimas en el rostro de Lazarus. El fabricante de juguetes abrazó a Alma. Jamás en la vida Irene había visto a alguien abrazar a otra persona con semejante cuidado. Cada gesto, cada movimiento de Lazarus denotaba un cariño y una delicadeza que sólo una vida entera de veneración podían otorgar. Los brazos de Alma lo rodearon también y, por un instante mágico, ambos permanecieron unidos en la penumbra, más allá de este mundo. Sin saber por qué, Irene sintió deseos de llorar, pero una nueva visión, terrible y amenazadora, se cruzó en su camino.

La mancha se estaba deslizando, sinuosamente, desde el retrato hacia el lecho. Una punzada de pánico invadió a la joven.

—¡Lazarus, cuidado!

El fabricante de juguetes se volvió y contempló cómo la sombra se alzaba frente a sí, rugiendo de rabia. Sostuvo la mirada de aquel ser infernal durante un segundo, sin mostrar temor alguno. Luego, los miró a ellos dos; sus ojos parecían transmitirles palabras que no acertaban a comprender. Súbitamente, Irene entendió lo que Lazarus se disponía a hacer.

—¡No! —gritó, sintiendo que Ismael la retenía.

El fabricante de juguetes se acercó a la sombra.

—No te la llevarás otra vez...

La sombra alzó una garra, dispuesta a atacar a su dueño. Lazarus introdujo la mano en su chaqueta y extrajo un objeto brillante. Un revólver.

La risa de la sombra reverberó en la estancia como el aullido de una hiena.

Lazarus apretó el gatillo. Ismael lo miró, sin comprender. Entonces, el fabricante de juguetes le sonrió débilmente y el revólver cayó de sus manos. Una mancha oscura se esparcía sobre su pecho. Sangre.

La sombra dejó escapar un alarido que estremeció toda la mansión. Un alarido de terror.

—¡Oh, Dios!... —gimió Irene.

Ismael corrió a socorrerlo, pero Lazarus alzó una mano para detenerlo.

—No. Dejadme con ella. Y marchaos de aquí... —murmuró, dejando escapar un hilo de sangre por la comisura de los labios.

Ismael lo sostuvo en sus brazos y lo acercó al lecho. Al hacerlo, la visión de un rostro pálido y triste le golpeó como una puñalada. Ismael contempló a Alma Maltisse cara a cara. Sus ojos llorosos lo miraron fijamente, perdidos en un sueño del que nunca podría despertar.

Una máquina.

Durante todos esos años, Lazarus había vivido con una máquina para mantener el recuerdo de su esposa, el recuerdo que la sombra le había arrebatado.

Ismael, paralizado, dio un paso atrás. Lazarus lo miró, suplicante.

—Déjame solo con ella..., por favor.

—Pero... no es más que... —empezó Ismael.

—Ella es todo lo que tengo...

El chico comprendió entonces por qué nunca se encontró el cuerpo de aquella mujer ahogada en el islote del faro. Lazarus lo había rescatado de las aguas y le había devuelto la vida, una vida inexistente, mecánica. Incapaz de afrontar la soledad y la pérdida de su esposa, había creado un fantasma a partir de su cuerpo, un triste reflejo con el que había convivido durante veinte años. Y mirando sus ojos agonizantes, Ismael supo también que, en el fondo de su corazón, de algún modo que no acertaba a comprender, Alexandra Alma Maltisse seguía viva.

El fabricante de juguetes le dirigió una última mirada llena de dolor. El muchacho asintió lentamente y volvió junto a Irene. Ella advirtió su rostro blanco, como si hubiera visto a la propia muerte.

—¿Qué...?

—Salgamos de aquí. Pronto —apremió Ismael.

—Pero...

—¡He dicho que salgamos de aquí!

Juntos arrastraron a Simone hasta el corredor. La puerta se cerró a sus espaldas con fuerza, sellando a Lazarus en la habitación. Irene e Ismael corrieron, como pudieron, a través del pasillo hacia la escalinata principal, tratando de ignorar los aullidos inhumanos que se oían al otro lado de aquella puerta. Era la voz de la sombra.

Lazarus Jann se incorporó del lecho y, tambaleándose, se enfrentó a la sombra. El espectro le dirigió una mirada desesperada. Aquel diminuto orificio que la bala había practicado estaba creciendo, y la devoraba también a ella a cada segundo. La sombra saltó de nuevo para refugiarse en el cuadro, pero esta vez Lazarus cogió un madero encendido y dejó que las llamas prendiesen el óleo.

El fuego se esparció sobre la pintura como las ondas en un estanque. La sombra aulló y, en las tinieblas de la biblioteca, las páginas de aquel libro negro empezaron a sangrar hasta prender en llamas.

Lazarus se arrastró de nuevo hasta el lecho, pero la sombra, henchida de ira y devorada por las llamas, se lanzó tras él, dejando un rastro de fuego a su paso. Las cortinas del palanquín prendieron y las lenguas ardientes se esparcieron por el techo y el suelo, devorando con rabia cuanto encontraban. En apenas unos segundos, un infierno asfixiante se extendió por la habitación.

Las llamas asomaron por una de las ventanas y el fuego hizo saltar por los aires los pocos cristales que quedaban intactos, succionando el aire nocturno con fuerza insaciable. La puerta de la cámara salió despedida en llamas hacia el corredor y, lenta pero inexorablemente, el fuego, como una plaga, fue apoderándose de toda la mansión.

Caminando entre las llamas, Lazarus extrajo el frasco de cristal que había albergado a la sombra durante años y lo alzó en sus manos. Con un alarido desesperado, la sombra penetró en él. Las paredes de cristal se astillaron en una telaraña de hielo. Lazarus tapó el frasco y, contemplándolo por última vez, lo arrojó al fuego. El frasco estalló en mil pedazos; como el aliento moribundo de una maldición, la sombra se extinguió para siempre. Y con ella, el fabricante de juguetes sintió cómo la vida se le escapaba lentamente por aquella herida fatal.

Cuando Irene e Ismael emergieron por la puerta principal llevando a Simone inconsciente en brazos, las llamas asomaban ya por los ventanales del tercer piso. En apenas unos segundos, las vidrieras fueron estallando una a una, despidiendo una tormenta de cristal ardiente sobre el jardín. Los muchachos corrieron hasta el umbral del bosque y sólo cuando estuvieron al amparo de los árboles se detuvieron a mirar atrás.

Cravenmoore ardía.

13. LAS LUCES DE SEPTIEMBRE

Una a una, las criaturas maravillosas que habían poblado el universo de Lazarus Jann fueron despedazadas por las llamas aquella noche de 1937. Relojes parlantes vieron sus agujas doblegarse en filamentos de plomo candente. Bailarinas y orquestas, magos, brujas y ajedrecistas, prodigios que nunca habrían de ver la luz de otro día...; no hubo piedad para ninguno de ellos. Planta a planta, habitación por habitación, el espíritu de la destrucción borró para siempre cuanto contenía aquel lugar mágico y terrible.

Décadas de fantasía se evaporaron, dejando apenas un rastro de cenizas tras de sí. En algún lugar de aquel infierno, sin más testigos que las llamas, se consumieron las fotografías y los recortes que atesoraba Lazarus Jann, y mientras los coches de la policía llegaban al pie de aquella pira fantasmagórica que encendió el alba a medianoche, los ojos de aquel niño atormentado se cerraron para siempre en una habitación en la que nunca hubo juguetes y nunca los habría.

Nunca en su vida Ismael podría olvidar aquellos últimos momentos de Lazarus y su compañera. Lo último que había podido ver había sido cómo Lazarus la besaba en la frente. Se juró entonces que guardaría su secreto hasta el fin de sus días.

Las primeras luces del día habrían de revelar una nube de cenizas que cabalgaba hacia el horizonte sobre la bahía púrpura. Lentamente, mientras el alba esparcía las brumas sobre la Playa del Inglés, las ruinas de Cravenmoore se dibujaron sobre las copas de los árboles, más allá del bosque. El rastro de espirales evanescentes de humo mortecino ascendía hacia el cielo, dibujando caminos de terciopelo negro sobre las nubes, caminos apenas quebrados por las bandadas de pájaros que volaban hacia el oeste.

El telón de la noche se resistía a retirarse, y la neblina cobriza que enmascaraba el islote del faro en la distancia se fue descomponiendo en un espejismo de alas blancas que alzaba el vuelo a la brisa del amanecer.

Sentados sobre el manto de arena blanca, a medio camino a ninguna parte, Irene e Ismael contemplaban los últimos minutos de aquella larga noche del verano de 1937. En silencio, unieron sus manos y dejaron que los primeros reflejos rosados del sol que rompían entre las nubes trazasen una senda de perlas encendidas mar adentro. La torre del faro se irguió entre la niebla, oscura y solitaria. Una débil sonrisa afloró a los labios de Irene al comprender que, de algún modo, aquellas luces que los lugareños habían contemplado brillando en la neblina se apagarían ahora para siempre. Las luces de septiembre se habían marchado con el alba.

Ya nada, ni siquiera el recuerdo de los sucesos de aquel verano, podría retener el alma perdida de Alma Maltisse suspendida en el tiempo. Mientras estos pensamientos se perdían en la marea, Irene miró a Ismael. El amago de una lágrima asomó a sus ojos, pero la chica supo que no la derramaría jamás.

—Volvamos a casa —dijo él.

Irene asintió y juntos rehicieron sus pasos por la orilla, hacia la Casa del Cabo.Mientras lo hacían, un solo pensamiento cruzó la mente de la muchacha. En un mundo de luces y sombras, todos, cada uno de nosotros, debía encontrar su propio camino.

Días más tarde, cuando Simone les revelase las palabras que la sombra le había dirigido, la verdadera historia de Lazarus Jann y Alma Maltisse, todas las piezas del rompecabezas empezarían a encajar en sus mentes. Sin embargo, el hecho de poder arrojar luz sobre lo que realmente había sucedido no cambiaría ya el curso de los acontecimientos. La maldición había perseguido a Lazarus Jann desde su trágica infancia hasta su muerte. Una muerte que él mismo, en el último momento, comprendió que era la única salida. No le restaba ya más que hacer el último viaje para reunirse con Alma más allá del alcance de su sombra y del maleficio de aquel desconocido emperador de las sombras que se ocultaba bajo el nombre de Daniel Hoffmann. Incluso él, con todo su poder y sus engaños, no podría destruir jamás el vínculo que unía a Lazarus y a Alma más allá de la vida y la muerte.

París, 26 de mayo de 1947

Querido Ismael:

Ha pasado mucho tiempo desde la última vez que te escribí. Demasiado. Finalmente, hace apenas una semana, sucedió el milagro. Todas las cartas que durante estos años has estado enviando a mi antigua dirección han vuelto a mí gracias a la bondad de una vecina, ¡una pobre anciana de casi noventa años!, que las ha guardado durante todo este tiempo, esperando que algún día alguien viniese a recogerlas.

Durante todos estos días las he leído, releído y leído otra vez hasta la saciedad. Las he guardado como el más valioso de mis tesoros. Las razones de mi silencio, de esta larga ausencia, me son difíciles de explicar. Especialmente a ti, Ismael. Especialmente a ti.

Poco imaginaban aquellos dos muchachos en la playa que la mañana que la sombra de Lazarus Jann se apagó para siempre una sombra mucho más terrible se cernía sobre el mundo. La sombra del odio. Supongo que todos pensamos en aquellas palabras acerca de Daniel Hoffmann y su «labor» en Berlín.

Cuando perdí el contacto contigo durante los terribles años de la guerra, te escribí cientos de cartas que jamás llegaron a ninguna parte. Me pregunto todavía dónde están, adónde fueron a parar tantas palabras, tantas cosas que tenía que decirte. Quiero que sepas que, durante aquellos terribles tiempos de oscuridad, tu recuerdo, la memoria de aquel verano en Bahía Azul, fue la llama que me mantuvo viva, la fuerza que me ayudaba a sobrevivir día a día.

Sabrás que Dorian se alistó y sirvió en el norte de África por espacio de dos años, de los que regresó con un montón de absurdas medallas de hojalata y con una herida que le hará cojear el resto de sus días. Él fue uno de los afortunados. Regresó. Te alegrará saber que, finalmente, consiguió trabajo en el gabinete de cartógrafos de la marina mercante y que, en los ratos que su novia Michelle lo deja libre (tendrías que verla...), recorre con su compás el mundo de punta a punta.

De Simone qué te voy a contar. Envidio su fortaleza y esa entereza que nos sacó a todos adelante tantas veces. Los años de la guerra han sido duros para ella, quizá más que para nosotros. Nunca habla de eso, pero a veces, cuando la veo en silencio, junto a la ventana, mirando a la gente pasar, me pregunto qué es lo que ocupa su pensamiento. Ya no quiere salir de casa y pasa las horas con la única compañía de un libro. Es como si hubiese cruzado al otro lado de un puente, al que no sé cómo llegar... A veces, la sorprendo contemplando viejas fotos de papá, llorando en silencio.

En cuanto a mí, estoy bien. Hace un mes dejé el hospital de Saint Bernard, en el que he estado trabajando durante estos años. Van a derribarlo. Espero que con el viejo edificio se vayan también todas las memorias del sufrimiento y el horror que presencié allí durante los días de la guerra. Creo que yo tampoco soy la misma, Ismael. Algo me ha pasado por dentro.

Vi muchas cosas que jamás creí que pudieran ocurrir... Hay sombras en el mundo, Ismael. Sombras mucho peores que cualquier cosa contra la que tú y yo luchamos aquella noche en Cravenmoore. Sombras al lado de las cuales Daniel Hoffmann es apenas un juego de niños. Sombras que vienen de dentro de cada uno de nosotros.

A veces me alegro de que papá no esté aquí para verlas. Pero vas a pensar que me he convertido en una nostálgica. Nada de eso. Tan pronto leí tu última carta, el corazón me dio un salto. Era como si el sol hubiese salido después de diez años de días negros y llu-

viosos. Volví a recorrer la Playa del Inglés, la isla del faro, y volví a surcar la bahía a bordo del Kyaneos. *Siempre recordaré aquellos días como los más maravillosos de mi vida.*

Te confesaré un secreto. Muchas veces, durante las largas noches de invierno de la guerra, mientras los disparos y los gritos resonaban en la oscuridad, dejaba que el pensamiento me llevase otra vez allí, a tu lado, a aquel día que pasamos en el islote del faro. Ojalá nunca nos hubiéramos ido de aquel lugar. Ojalá aquel día jamás hubiese terminado.

Supongo que te preguntarás si me he casado. La respuesta es no. No me faltaron pretendientes, no vayas a pensar. Todavía soy una joven de cierto éxito. Hubo algunos novios. Idas y venidas. Los días de la guerra eran muy duros para pasarlos en soledad, y yo no soy tan fuerte como Simone. Pero nada más. He aprendido que la soledad es a veces un camino que conduce a la paz. Y durante meses no he deseado más que eso, paz.

Y eso es todo. O nada. ¿Cómo explicarte todos mis sentimientos, todos mis recuerdos durante estos años? Preferiría borrarlos de un plumazo. Quisiera que mi última memoria fuese la de aquel amanecer en la playa y descubrir que todo este tiempo no ha sido más que una larga pesadilla. Quisiera volver a ser una muchacha de quince años y no comprender el mundo que me rodea, pero eso no es posible.

No quiero seguir escribiendo ya. Quiero que la próxima vez que hablemos sea cara a cara.

Dentro de una semana, Simone irá a pasar un par de meses con su hermana en Aix-en-Provence. Ese mismo día, volveré a la estación de Austerlitz y tomaré el tren de Normandía, como lo hice hace diez años. Sé que me esperarás y sé que te reconoceré entre la gente, como te reconocería aunque hubiesen pasado mil años. Lo sé desde hace tiempo.

Hace una eternidad, en los peores días de la guerra, tuve un sueño. En él, volvía a recorrer la Playa del Inglés contigo. El sol se ponía y el islote del faro se distinguía entre la bruma. Todo era como antes: la Casa del Cabo, la bahía..., incluso las ruinas de Cravenmoore sobre el bosque. Todo menos nosotros. Éramos un par de viejecitos. Tú ya no estabas para navegar y yo tenía el pelo tan blanco que parecía ceniza. Pero estábamos juntos.

Desde aquella noche he sabido que algún día, no importaba cuándo, llegaría nuestro momento. Que en un lugar lejano, las luces de septiembre se encenderían para nosotros y que, esta vez, ya no habría más sombras en nuestro camino.

Esta vez sería para siempre.

Disfruta todos los títulos de la
Trilogía de la Niebla
de Carlos Ruiz Zafón: